제리엠 게임판타지 장편소설
WISHBOOKS GAME FANTASY STORY

# 힐통령
## 태양의 사제

KB012956

# 힐통령
## 태양의 사제 5

제리엠 게임판타지 장편소설

초판 1쇄 찍은 날 | 2019년 1월 16일
초판 1쇄 펴낸 날 | 2019년 1월 23일

지은이 | 제리엠
펴낸이 | 예경원

기획 | 위시북스
편집책임 | 이규재
편집 | 위시북스

펴낸곳 | 예원북스
등록번호 | 제396-2012-000132호
등록일자 | 2012. 7. 25
KFN | 제1-361호

주소 | 경기도 고양시 일산동구 호수로 646-24 위너스21II빌딩 206A호 (우)10401
전화 | 031-819-9431 팩스 | 031-817-9432
E-mail | yewonbooks@naver.com

ISBN 979-11-89824-05-1 04810
      979-11-89450-74-8 (set)

제리엠 게임판타지 장편소설
WISHBOOKS GAME FANTASY STORY

# 힐통령 ⑤

## 태양의 사제

# 힐통령

## 태양의 사제

# CONTENTS

# 31장
## 거래

　강민구.

　세계적인 명문대인 한국대 경영학과를 나온 뒤 미국으로 건너가 페가수스사에 입사. 이후 본인의 능력을 인정받으며 승진에 승진을 거듭해 마침내 페가수스사의 한국 지부 지사장이 된 입지전적인 인물!

　그야말로 탄탄대로를 달려오던 엘리트 경주마, 강민구는 여느 때처럼 사장실 창가에서 자신의 지난 세월이 이룩한 경치를 내려다봤다.

　굽이치는 한강과 그 옆으로 빼곡히 들어선 빌딩들의 숲. 별다를 것 없는 풍경이었지만 그의 표정에서 이전과 같은 자신감을 찾아볼 수 없었다.

　"후……."

건강을 챙긴다고 한참 전에 끊었던 담배가 당긴다.

쓸쓸한 입가를 달싹거리던 그는 불과 며칠 전 자신에게 떨어진 본사의 지령을 떠올렸다.

'카이…… 그러니까 한정우에게서 그가 버그가 아니라는 사실을 사람들에게 증명할 수 있는 영상을 구매하라고?'

얼토당토않은 소리!

강민구가 볼 때 한정우는 매우 똑똑하고 조심스러운 녀석이었다.

'그게 아니라면 신화 클래스의 직업을 가진 녀석이 이토록 조심스럽게 움직일 이유가 없지. 무엇이 되었든 큰 그림을 그리고 있는 게 분명해.'

사람은 누구나 공명심이 있다. 특히 남들이 이루지 못한 업적을 세웠을 때, 사람의 손과 입은 근질거리는 법이다.

'병장 제대를 일평생의 자랑거리로 삼는 멍청이들이 널린 세상이다. 전 세계에서 유일하게 신화 등급의 직업을 가졌다면 오만함에 차 있어도 절대 이상하지 않지. 뭘 해도 성공할 수밖에 없으니까.'

그런 강민구의 생각은 결코 틀린 것이 아니었다.

실제로 지금 당장에라도 카이가 직업을 공개한다면, 온갖 방송사와 신문, 잡지에 일면으로 그의 얼굴이 내걸릴 것이다.

그만큼 미드 온라인은 현실의 깊숙한 곳까지 자연스럽게 스며든 상태였으니까.

'널리고 널린 랭커들도 광고 찍고, 노래 부르고, 심지어 연기까지 하는 세상이다. 카이 정도라면 고급 CF 섭외도 줄기차게 들어오겠지.'

하지만 그는 자신의 정체를 꼭꼭 숨김으로써 그 모든 편의를 제 발로 걸어찼다.

'욕심이 없는 건가? 이해할 수가 없군.'

물론 그로서는 이해할 수 없는 것이 당연하다.

설마 인간 불신에 걸려 사회와 동떨어진 게임 폐인이 신화 등급 직업을 획득했을 줄은 꿈에도 몰랐을 테니까!

'신비주의 콘셉트도 똑똑한 한 수였어. 자기 자신을 어떻게 마케팅해야 하는지 아는 녀석이다. 현재 그가 연기하는 언노운은 클래스부터 직업, 레벨까지 모든 게 비밀. 만약 그것들이 훗날 하나씩 공개되기 시작하면……'

그리고 마침내 직업이 공개되는 순간, 그의 명성은 세계를 아우르게 될 것이다. 거기까지 생각이 미친 강민구는 결국 참지 못하고 금연 껌을 하나 꺼내 질겅질겅 씹었다.

'후…… 그런 놈이 대체 뭐가 아쉽다고 우리의 제안을 받아들이겠냐 이거지.'

거래란 서로가 원하는 것이 있을 때야 이루어지는 법. 한쪽이 일방적으로 무언가를 원할 때는 절대 거래가 이루어지지 않는다. 그런데도 본사에서는 돈으로 영상을 살 수 있게 만들라고 명령했다.

물론 강민구의 생각에도 페가수스 입장에서는 그것이 최상의 방법이다.

'하지만 이쪽에 이익인 시나리오는 한정우가 손해를 보게 된다는 걸 의미하지.'

거래란 보통 한쪽이 조금이라도 손해를 감수해야 이루어지니까.

더군다나 지금 같은 상황에서 한정우는 철저한 갑이었다. 어떻게 해서든 거래를 성사시켜야 하는 강민구는 착잡한 표정을 감추지 못했다.

"그렇다면 우선 전제부터 뜯어고쳐야겠군."

기울어진 저울추를 맞추는 것. 그것이 가장 먼저 선결되어야 할 일이다.

금연 껌을 씹으며 마음을 진정시킨 그는 눈을 감으며 생각했다.

'서로가 만족스럽게 거래를 하는 방법은, 이 세상에 단 하나밖에 없다.'

어디에서도 구할 수 없는 것을 자신이 가지고 있고, 상대방이 원할 때. 마찬가지로 자신이 원하는 것을 상대방이 가지고 있고, 자신이 원할 때. 서로가 윈윈하는 거래는 그런 상황에서만 이루어진다.

'그렇다면 지금 이 시점에서 그가 원하는 건 뭘까?'

그가 원하면서 자신이 구할 수 있어야 한다. 그리고 페가수스사가 아니라면 절대 어디서도 구할 수 없어야 한다.

잠시 머리를 굴리던 강민구가 한숨을 내쉬었다.

'결국 정보밖에 없나.'

미드 온라인의 정보는 일종의 수표나 다름없다. 이용하기에 따라서는 돈은 물론이고, 명성과 레벨까지 올릴 수 있는 만능의 백지수표.

그 때문에 페가수스사는 남들 다 하는 기초 공략조차 홈페이지에 게재하지 않았다.

'정보의 중요성과 가치를 일찌감치 알아챘으니까, 아니, 그렇게 될 수밖에 없도록 의도했으니까.'

강민구는 한정우가 랭커들을 따라잡고 싶어 한다고 생각했다.

'지난번에 세계 10대 길드를 상대로 깽판을 제대로 처놓은 거로 봐선…… 적당히 어디 한 곳에 머리 숙이고 들어가서 얼굴마담이나 할 성격은 아니야.'

만약 한정우가 정말 그들을 따라잡기를 원한다면, 그에겐 필요할 수밖에 없다. 남들보다 빠르게 성장해, 선두와의 격차를 줄일 수 있는 고급 정보가.

"후우…… 이거 또 한 소리 듣겠군."

똥 씹은 표정을 지은 강민구는 자신의 핫라인을 통해 누군가에게 전화를 걸었다. 액정에 떠오른 이름은 누구나 알고 있을 정도로 유명한 사람이었다.

통화 대상은 바로 페가수스사의 주인, 마르코 프레드릭이었다.

"흠."

카이의 눈이 메시지 로그를 훑었다.

'내가 몬스터를 잡았을 때의 경험치 분배 비율은 9 대 1.'

한마디로 블리자드 녀석이 놀고먹는 게 아닌 이상 함께 사냥하면 성장이 더 빨라진다는 소리!

게다가 블리자드를 역소환하면 받는 경험치도 원래대로 복구할 수도 있었다.

"괜찮네. 나쁘지 않아. 그럼 알아볼 건 대충 다 알아봤으니 사냥이나…… 음?"

카이는 인터페이스창 하단에 반짝거리는 알림을 보며 눈을 찌푸렸다.

'지금 바깥은 이른 아침. 그런데 이 시간에 메일이라…… 경

매장에 등록한 물건이 벌써 팔렸나?'

곧장 메일함을 연 카이의 얼굴이 길가에 굴러다니는 페트병처럼 구겨졌다.

"뭐야, 이게?"


[안녕하세요. 운영자입니다. 카이 님에게 긴히 전해드릴 말씀이……]


"……스팸 메일이잖아?"

예전에 PC게임을 할 때도 이런 녀석들이 있었다.

운영자를 사칭하며 유저의 아이디와 비밀번호를 요구하는, 초등학생 같은 사기 수법!

'웃기지도 않지만, 여기에 걸려드는 멍청이들도 있었지.'

수요가 없으면 공급도 없는 법. 당하는 녀석이 있었으니 저런 종류의 사기가 성행했던 것이리라.

'하지만 지금 시대가 어느 때인데.'

고개를 절레절레 저으며 곧장 메일을 삭제하려던 카이의 움직임이 우뚝 멈췄다.

"잠깐만…… 지금 보니 이건 내 개인 이메일인데?"

그렇다. 현재 메일이 온 것은 게임에 가입하기 위해 이메일 인증을 마친 개인 이메일이었다.

'게임 내 우편함에야 골드를 대출해 준다는 스팸 편지가 넘쳐 흐른다지만…… 그 녀석들이 내 개인 이메일까지는 알 수 없을 텐데?'

혹시 일전에 영상 제작을 맡긴 마이클을 통해서 정보가 유출된 걸까?

미간을 찌푸린 카이는 메일의 내용을 다시 한번 정독했다.

"으음……."

미묘한 신음이 그의 입에서 흘러나왔다.

'이거 아무래도 진짜 운영자 맞는 것 같은데.'

신화 등급 클래스의 획득을 뒤늦게나마 축하하는 것은 물론이고, 언노운의 영상을 항상 잘 보고 있으며 자기가 팬이니 언젠가 사인 한 장 해달라는 사심 듬뿍 담긴 문장까지!

하지만 가장 중요한 내용은 정작 따로 있었다.

'역시 인던 쪽 랭킹을 싹 다 털어버린 게 문제가 됐나?'

인던 솔로 랭킹 1위. 영원히 깨지지 않을 전무후무한 기록!

당연한 말이지만 카이도 커뮤니티를 둘러보면서 자신이 구설에 올랐다는 것쯤은 알고 있었다.

'사실 처음에는 언제나처럼 사그라들 줄 알았는데……'

생각보다 자신의 안티 팬이 많았던 모양인지 언노운이 버그 플레이어라는 장작은 시간이 갈수록 활활 타올랐다.

'검은 벌 녀석들이 댓글 알바를 푼 건 아닌지 의심이 갈 지

경이었지.'

하지만 카이에게도 그 정도를 분간할 눈은 있었다.

자신에 대해 떠드는 이들은 대부분 평범한 플레이어들이었다. 그래서 카이의 기록이 말도 안 된다고 생각했고 의구심을 품은 것이었다.

이전까지의 그 어떤 랭커도 내지 못했던 성적이 갑자기 튀어나왔으니까.

'그것도 고작 사흘 만에 말이지.'

쩝…….

씁쓸한 기분에 입맛만 다시던 카이는 다시 한번 메일을 꼼꼼하게 확인했다.

'이 시점에서 제안이라…… 확실히 페가수스 쪽도 타격이 없지는 않나 본데?'

실제로 페가수스의 주가는 그 루머가 퍼지던 날 약간이지만 떨어지기까지 했다.

미드 온라인 오픈 이래 끝없이 오르기만 하던 그래프가 처음으로 꺾인 것이다. 아마 그것이 그들의 무거운 엉덩이를 움직이게 한 원인일 것이다.

'내가 페가수스사 입장이라면 나 같은 꽃미남 플레이어에게 뭘 요구할까?'

버그가 아니라는 것을 증명해 달라고 할 것이다.

결국, 플레이 영상을 넘겨달라는 것 외에는 생각할 방법이 없었다.

카이의 머리가 빠르게 굴러갔다.

'불사의 의지는 끝까지 숨겨야 하는 스킬이야. 하지만……'

다른 것들은 그렇지가 않다.

불사의 의지 스킬은 죽음에 이르렀을 때 다시 일정 생명력을 회복하고 부활하는 스킬이다. 하지만 카이가 인던을 돌 때의 영상에는 그런 사실이 나와 있지 않았다.

'죽은 건 심해에서 나가들이랑 싸울 때였으니까. 이 영상만 보고 내가 무적 상태라는 걸 눈치채는 녀석은 없겠지.'

던전 네 개를 도는 동안 지속되는 무적 스킬이 있다고 생각하는 미친놈은 없을 테니까.

그렇다면 영상으로만 봤을 때의 카이는 단순히 맷집이 무지막지한 플레이어다.

'불사의 의지 스킬에 대한 정보를 공개하지 못하게 할 수 있으면 다른 건 상관없겠지.'

중요한 건 영상을 넘겨주는 대가로 무엇을 뜯어낼 수 있는가다.

카이는 초거대 공룡 기업인 페가수스 사를 상대로 거래를 하면서도 조금도 주눅 들지 않았다.

'거, 목마른 놈이 우물 파는 거 아니었나?'

이번 거래가 성사되지 않아도 자신은 기껏해야 인터넷에서 욕을 좀 먹을 뿐이다.

본명이 거론되는 것도 아니고, 정확한 플레이어 닉네임이 거론되는 것도 아니다.

언노운이라는 가면만 실컷 욕을 처먹을 것이니 카이는 뒹굴뒹굴하면서 귀를 후비고 배를 긁으면서 구경할 수도 있는 가벼운 일이었다.

하지만 페가수스사는?

'똥줄 타겠지.'

이번 루머를 깔끔하게 설명하지 않으면, 플레이어는 물론 페가수스사의 주주들도 불안하게 된다.

그들은 자신이 투자한 게임과 회사 주식이 쓸모없는 데이터와 종이 쪼가리로 변하는 걸 원치 않을 테니까.

'그리고 가장 중요한 게 있지.'

카이는 심드렁한 표정으로 기지개를 켜며 몸을 풀었다.

"한 번 해보니까, 그게 또 경험이 됐나 보네."

세계 10대 길드를 상대로 했던 즉석 경매!

카이는 이미 갑질이란 갑질은 다 해봤다. 그날 카이에게 강퇴까지 당한 타이탄 길드의 마스터 골리앗은 지금도 잘 자다가 벌떡 일어나서 목덜미를 잡을지도 모른다.

"이번 기회 아니면 내가 언제 또 페가수스사에 감 놔라 배

놔라 해보겠어."

포식자의 눈빛을 드러낸 카이는 순한 양의 탈을 쓴 가식적인 말투로 곧장 답장을 보냈다.

만나고 싶다는 의사를 메일로 보내자, 약속은 즉시 잡혔다. 페가수스 쪽에서는 가능하면 빨리 만나고 싶어 했고, 카이도 미룰 이유가 없었다.

'그런데…… 접선 장소가 진짜 여기라고?'

카이가 떨떠름한 표정으로 다시 한번 메일의 내용을 확인했다. 페가수스사에서 요청한 접선 장소는 다름 아닌 아쿠에리아의 광장이었다.

'물론 도시의 광장들이 약속 장소로 제격이라고는 하지만……'

카이는 뭔가 좀 아닌 것 같다는 생각을 지우지 못했지만 광장에 도착하자, 한 남자가 다가왔다.

"안녕하세요! 오늘 안내역을 맡은 김준표 대리입니다. 하하, 게임 안이라서 명함을 못 드리는 게 아쉽네요."

"아, 예……."

수다쟁이 남자는 앞장서서 카이를 안내하며 이런저런 잡담을 건넸다.

"영상 매우 잘 보고 있어요. 그래서 말인데, 다음 영상은 언제쯤 업로드되나요?"

"글쎄요. 아직은 예정이 없습니다만."

"아쉽네요. 메일에도 써놨지만 제가 워낙 팬이거든요."

'메일 보낸 게 너였냐.'

적당히 그의 수다에 맞장구를 쳐주며 도착한 곳은 도시 변두리의 조그마한 2층 주택이었다.

"자, 들어오시죠."

"예. 그럼 잠시 실례를……!"

예전 크라포드 집처럼 낡고 좁은 내부를 기대하며 문지방을 건넌 카이는 눈앞의 광경에 입을 쩍 벌렸다.

띠리리리리!

"박 대리! 전화 받아!"

"서류 다시 써오세요. 이걸로 승인이 나겠습니까?"

"버그 리포트 처리 멀었어?"

"80% 완료했습니다!"

"크험. 박 과장, 점심시간에 같이 요 앞 사냥터 한 바퀴 돌고 올까? 딱히 버스 태워 달라는 건 아니니 싫으면 말하게."

"어유, 싫을 리가요? 부장님은 당연히 제가 모셔야죠."

"……"

바깥에서 봤던 주택의 내부라고는 생각되지 않는 드넓은 공간에 파티션으로 나누어진 테이블에 앉아 키보드를 두드리는 정장 차림의 사람들. 누가 어떻게 봐도 현실 사회의 회사 풍경 으로밖에 보이지 않았다.

"카이 님?"

벙찐 카이의 표정을 보던 김 대리가 돌연 손뼉을 치더니 배시시 웃었다.

"아차! 오면서 설명해 드려야 했는데 깜빡했네요."

"그게 무슨……!"

오면서 말을 그렇게 많이 해놓고, 정작 이렇게 중요한 이야 기를 안 했다고?

울컥한 표정으로 노려보자, 김 대리가 미안하다는 표정으로 고개를 연신 숙였다.

"정말 죄송해요. 진짜 죄송합니다. 가면서 설명해 드릴게요. 우선 이쪽으로."

왼쪽으로 향하는 복도를 걸어가던 김 대리는 주변을 둘러보며 말했다.

"이곳은 저희 사원들이 우스갯소리로 정신과 시간의 방이라 고 말하는 장소예요."

"설마 이곳에서의 일 년이……?"

"에이, 너무 멀리 가셨다, 그건."

김 대리는 질색한 표정으로 어깨를 부르르 떨었다.

"시간 자체는 다른 유저들과 같아요. 현실보다 세 배 빠르게 흐르니까요."

"그럼 설마 효율 때문에 이곳에서 일을 시키는 겁니까?"

이번에는 카이가 질색한 표정을 지었다.

이에 대한 문제는 안 그래도 요즘 사회적인 문제로 대두되고 있었다.

'같은 월급으로 일을 세 배나 더 시킬 수 있으니까…… 하지만 이런 건 진짜 쓰레기 같은 중소기업에서나 시키는 거라고 들었는데?'

설마 페가수스사에서 이런 일이 벌어지고 있을 줄이야.

카이의 불편한 표정을 읽은 김 대리가 화들짝 놀란 표정으로 손사래를 쳤다.

"어라? 잠깐만요, 스탑! 지금 무슨 생각인지는 알겠는데, 진짜 아닙니다? 저희 이래 봬도 대기업이라고요. 그것도 세계에서 다섯 손가락 안에 들어요."

그의 말은 사실이었다.

포브스에 의하면, 페가수스사는 숱한 기업과 은행들을 제치고 세계 기업 순위 4위에 자신의 이름을 올려놓고 있었다.

"아시다시피 강압적으로 시키면 불법이지만, 자발적으로 하면 문제가 되질 않습니다. 그에 대해서는 입사 때 계약서를 쓰기도 하고, 월급도 제대로 세 배를 지불하고 있고요. 물론 본인이 원하면 언제든지 여기가 아닌 회사로 출근할 수 있지만······."

김 대리가 싱긋 웃었다.

"아무래도 자택 근무라는 장점이 있고, 돈도 세 배로 잘 버니까 여기서 업무 보는 직원들도 생각보다 많습니다. 당장 저부터도 그렇잖아요? 아, 물론 그 수가 많지는 않아요. 겨우 천 명 될까 말까 하니까."

"천 명이라고요? 여기가 제법 넓긴 하지만······ 천 명이나 일할 수 있는 공간입니까?"

"에이, 저희는 지금 1층이구요. 여기에 구현시켜놓은 건 무려 20층짜리 건물이에요. 삼천 명도 들어갈걸요?"

"······."

카이는 게임 내부에 빌딩을 세워놓은 페가수스사의 만행에 입을 다물지 못했다.

'하긴, 개발사니까 이런 일을 할 수 있는 거겠지.'

게임에 지부를 차린 기업들이 없는 건 아니다. 하지만 슬프게도 그들에게는 2층짜리 단독 주택을 20층으로 만들 만한 기술력이 없었다.

당연히 천문학적인 비용을 지불하고 게임 내의 건물을 사야 한다.

'페가수스사는 이런 식으로도 돈을 버는구나. 이참에 하나 배워가네.'

이렇게 쌓인 돈은 유저들이 골드를 현금으로 바꿀 때 생기는 손실을 메꿔줄 것이다.

"그리고 천 명이면 페가수스사 지부치고는 굉장히 적은 수예요. 하루에 미드 온라인에서 발생하는 사건 사고가 얼마나 많은지 아시면 깜짝 놀랄걸요? 수십만 단위로 벌어지거든요. 작게는 사기, 절도 사건부터 약간 크게는 PK도 있고 심지어는 아직 만들어놓지도 않은 길드전을 지들 멋대로 치른다니까요? 여기서 근무하는 사람들 없었으면 미드 온라인은 진작 망했을 겁니다. 내기해도 좋아요."

"뭐, 그건 그렇다 쳐도…… 지나가던 유저나 NPC가 저택 문이라도 열면 어떻게 되나요?"

"제가 들고 있는 이 사원증이 없으면 어차피 문 열어봐야 평범한 주택이라서 괜찮습니다."

유쾌하게 웃은 김 대리는 텔레포트 마법진 위로 올라가더니 목에 걸고 있던 사원증을 톡톡 두드렸다.

"20층."

순식간에 뒤바뀌는 공간.

카이가 탐나는 눈빛으로 사원증을 쳐다보자, 김 대리가 이를 슬며시 감췄다.

"이 건물 안에서만 사용할 수 있는 아이템이에요. 다른 곳에서는 사용 불가니까 그 두려운 시선을 거두어주세요."

"아쉽네요."

20층의 복도 끝까지 카이를 안내한 김 대리는 새하얀 재질로 만들어진 문을 두드렸다.

"아, 이거 문 때깔 끝내주죠? 통짜 미스릴로 만든 거예요. 나중에 퇴사할 때 손잡이만 떼어주면 퇴직금 안 받아도 될 텐데……."

"……."

마지막까지 이어지던 수다는 안쪽에서 정중한 목소리가 흘러나오며 끝을 맺었다.

"아, 부르시네요. 그럼 제 역할은 여기까지입니다. 만나서 반가웠어요."

눈을 찡긋 깜빡이는 김 대리에게서 도망쳐 서둘러 방으로 들어갔다. 책상에 앉아 있는 남자를 보는 순간, 카이의 눈이 반짝였다.

'……강민구 페가수스 한국 지부 지사장. 신문에서 본 적 있어.'

설마 뉴스, 신문에서나 나오던 인물과 이렇게 얼굴을 마주하며 거래를 하는 날이 올 줄이야!

새삼스럽게 지난날을 회상하는 카이에게, 강민구 지사장이 다가와 손을 내밀었다.

"반갑습니다. 페가수스의 한국 지사장 강민구라고 합니다."

"카이, 아니, 한정우입니다."

"어느 쪽이든 상관없으니 편하신 대로 해주시길."

"그럼 언노운으로 할게요."

"……."

강민구의 눈동자에 이채가 어렸다가 빠르게 사라졌다.

굳이 스스로를 언노운이라 칭한 건, 이 거래의 갑이 누구인지 잊지 말라는 경고일 테니까.

'이것 봐라?'

강민구는 이 거래가 쉽지 않을 것 같다고 본능적으로 느꼈다.

"이쪽으로 앉으시죠."

한층 공손해진 그의 목소리에 이끌린 카이는 자리에 앉으며 입을 열었다.

"길게 이야기할 필요는 없을 것 같은데, 괜찮으시다면 바로 본론으로 들어가실까요?"

"……그럽시다."

표정으로 드러나지는 않았지만, 강민구의 눈매가 살짝 떨렸다. 한국 지사장 자리에 오른 후, 그는 누군가에게 아쉬운 소리를 해본 적이 없다. 잠시의 여유도 주지 않고 자신을 몰아세우는 사람은 정말 오랜만에 상대하는 것이었다.

"아시다시피 카이…… 아니, 언노운 님이 세우신 인던 랭킹. 그것이 문제입니다."

"혹시 페가수스사에서도 버그를 의심하는 거라면……."

"아뇨. 그건 아닙니다. 저희는 개발사이니까 그 정도 정보는 파악할 수 있습니다. 불사의 의지에 마법의 소라고둥, 효과를 섞으신 것 맞지요?"

"맞습니다."

카이는 순순히 고개를 끄덕였다.

"현재 많은 유저분이 이게 버그가 아니냐고 문의를 보내는 상태입니다. 저희는 이에 대해 신속하게 답변해야 할 의무를 느끼는 중이고요."

'의무감은 개뿔. 주주들 때문이겠지.'

하지만 카이는 그 뻔한 연기에 속아주었다.

"그렇군요. 그럼 역시 당시 저의 플레이 영상을 원하시는 겁니까?"

"예. 물론 카이 님의 요구 사항은 최대한 긍정적으로 반영될 겁니다."

"흠……."

잠시 고민을 하던 카이는 일어날 채비를 했다.

"잘 알겠습니다. 그렇다면 귀사와의 거래는 없던 것으로 하겠습니다."

"예? 아니 그게 무슨……?"

카이를 따라 서둘러 일어난 강민구 사장의 가면이 깨지고,

당황한 표정이 드러났다. 아직 거래에 대한 구체적인 이야기는 꺼내지도 않았는데 거래를 엎어버리다니?

이에 옅은 한숨을 내쉰 카이가 입을 열었다.

"제 요구 사항을 최대한 긍정적으로 반영하시는 게 아니라, 무조건 반영해 주셔야 합니다. 불사의 의지와 같은 스킬 효과가 저희에게 어떤 의미인지 아시잖아요? 이건 저의 욕심이 아니라 당연한 요구입니다."

"하지만 저희의 입장도……."

"강민구 사장님이 페가수스사를 대변하는 것처럼, 전 제 입장이 있습니다. 서로의 이해가 일치하지 않으면 거래는 없는 일이 될 수밖에 없지요."

"으음……."

강민구의 얼굴 위로 낭패감이 떠올랐다. 한정우가 나이에 비해 뛰어나다는 것을 머리로는 이해하고 있었지만, 그래 봤자 22살이라고 무시한 감도 없잖아 있었다.

'잘 구슬리면 고개만 끄덕이다가 돌아갈 줄 알았는데……'

직접 보니 절대 만만하게 볼 상대가 아니었다.

그리고 자신이 평범한 꼬맹이를 상대하는 것이 아니라는 걸 깨닫는 순간, 강민구는 허리를 90도로 굽혔다.

"저희의 사전 준비가 철저하지 못했던 점에 대해서 사과드립니다. 카이 님의 타당한 요구는 절대적으로 반영될 것을 제 이름을 걸고 약속드리겠습니다. 부디 한 번만 더 저를 믿고 거래를 계속해 주시겠습니까?"

'타당한 인가.'

100% 자신이 원하던 결과를 끌어내지는 못했다.

하지만 이 거래의 주도권이 자신에게 있다는 것을 상대에게도 재확인시켜주었다.

마지못해 고개를 끄덕인 카이는 다시 자리에 앉았다.

"사장님께서 그렇게 고개를 숙이시니 당황스럽네요. 우선 자리에 앉으세요."

방의 주인인 강민구를 마치 손님인 듯 대하는 모양새!

강민구는 헛웃음을 삼키며 얌전히 자리에 앉았다.

"우선 페가수스사에서 제 영상의 대가로 무엇을 준비했는지 들어볼 수 있을까요?"

"예. 우선 금전적인 보상을 준비하는 방안을……."

카이의 눈동자에서 관심 없음이라는 대답을 읽어낸 강민구 사장이 빠르게 핸들을 돌렸다.

"……준비했었지만, 아무래도 개발사인 저희만이 알 수 있는 특별한 정보를 제공해 드리는 것이 낫겠다는 판단을 내렸습니다."

"그거 좋네요."

카이는 이 방에 들어와서 처음으로 웃으며 몸을 앞으로 살짝 숙였다.

"그렇다면 그 정보의 가치에 따라 저희 거래가 성사되느냐, 마느냐가 결정되겠네요."

"부디…… 마음에 드셨으면 좋겠습니다."

배가 터지기 전까지 먹어치우겠다!

품고 있는 생각을 눈빛으로 가감 없이 드러낸 카이를 마주한 강민구 사장은 애써 미소를 지으며 입을 열었다.

"이벤트를 하나 기획하고 있습니다."

"이벤트라 하시면?"

"조만간 저희 미드 온라인의 누적 가입자 수는 7억 명을 넘어갑니다. 동시 접속자 수는 7천만을 유지하고 있는데, 7천 7백 7십 7만 동시 접속자를 기념하여 이벤트를 하나 개최하려고 합니다."

"……그 정보를 저에게 알려주시겠다는 겁니까?"

"예. 이 정보를 어떻게 활용하느냐에 따라서 아이템과 레벨, 명성 등 원하시는 것들을 만족스럽게 챙기실 수 있으실 겁니다."

"흠."

나쁜 제안은 아니었다.

7억 명이 모르는 정보를 자신 혼자서 독차지하는 것. 그리고 그것으로 추가적인 이득을 끌어내는 건 누워서 헤엄치기나 다름없었으니까.

'하지만 이 정도로는 부족해. 고작 하나로 끝내기엔 아쉽기도 하고.'

자신이 언제 이런 자리에 앉아보겠는가. 페가수스사를 상대로 이렇게 유리한 입장에서 말이다. 아마 이번이 처음이자 마지막 기회일 것이다.

'후우…… 이거 사람 미치게 하네. 괜히 튕기면 오히려 페가수스에 밉보일 것 같고, 이대로 거래를 끝내기엔 너무 아쉬운데…… 콱 한 번 밀어? 아니면 그냥 당겨?'

카이가 일생일대의 고민에 빠지며 심각한 표정을 짓고 있을 때, 그도, 강민구도 예상치 못한 일이 벌어졌다.


**[협상 스킬이 발동됩니다. 상대방의 기분을 조금이나마 파악합니다.]**

[강민구 : 초조, 불안. ???, ???.]


"어…… 엉?"

강민구의 방에 들어온 이후, 카이가 가장 멍청한 표정을 짓는 순간이었다.

"예? 무슨 문제라도?"

갑작스러운 카이의 멍청한 신음에 강민구가 고개를 갸웃거리며 물었다.

"아, 아뇨. 아무것도."

어색한 웃음을 지으며 상황을 모면한 카이는 눈앞의 인터페이스창을 보며 식은땀을 흘렸다.

'협상 스킬? 이건 분명⋯⋯.'

불현듯 머릿속을 스쳐 지나가는 얼마 전의 기억!

그것은 바로 며칠 전 고서점에서 수수께끼의 스킬 북을 구매할 때의 기억이었다.

'그러고 보니 그때 협상 스킬의 레벨이 올랐었지.'

게다가 협상을 시도할 때 상대방의 기분을 약간 파악할 수 있다는 메시지도 함께 떠올랐었다.

'그래. 거기까지는 이해가 돼. 하지만 그건 플레이어를 상대로는 발동이 안 될 텐데⋯⋯?'

하지만 여전히 사라지지 않고 있는 눈앞의 인터페이스창은 이 상황이 현실임을 증명했다.

'그렇다는 말은⋯⋯ 강민구 사장은 플레이어 캐릭터가 아니구나!'

물론 이런 사례가 처음인 것은 아니었다. 실제로 현금 거래소의 NPC 중 일부는 운영자들이 플레이하고 있었으니까.

'눈앞의 강민구 사장은 NPC를 기반으로 만들어진 플레이어블 캐릭터구나.'

카이의 추측은 사실과 근접했다. 현재 그의 눈앞에 있는 건, 평소 게임을 할 시간이 여유가 없었던 강민구 사장이 이번 거래를 위해 특별히 만들어낸 NPC 캐릭터였으니까.

'나한텐 기회잖아?'

물론 강민구 사장도 이런 상황을 예견하지는 못했을 것이다. 사전에 알고 있었다면 무슨 일이 있더라도 현실에서 약속을 잡거나 개인 캐릭터를 만들어서 거래를 추진했을 터.

'설마 자신을 NPC로 인식하고 스킬이 발동할 줄 누가 알았겠어.'

이 상황은 카이에게 큰 호재로 다가왔다.

'아직 협상 스킬의 레벨이 낮아서 강민구 사장의 기분이 자세히 나오지는 않지만……'

강민구가 느끼는 초조와 불안. 이것들을 알아챈 것만으로도 카이는 주사위를 굴릴지 말지에 대한 결정을 내릴 수 있었다.

"으음…… 이벤트에 대한 정보라. 글쎄요."

무언가가 찜찜한 듯한 카이의 표정을 확인한 강민구 사장은 조심스럽게 물었다.

"혹시 저희 쪽에서 제시한 조건이 마음에 안 드시는지……?"

"네. 솔직히 말하자면 조금 부족하다고 느껴집니다."

"……!"

카이의 직설적인 언사에 강민구 사장이 입을 꾹 다물었다.

'플레이 영상과는 다르군. 이렇게 과감한 성격이었나?'

설마 이 상황에서 밀당을 시전할 줄이야!

카이는 살짝 당황한 강민구 사장이 정신을 차릴 틈을 주지 않았다.

"사실 얻고 싶은 정보가 하나 있습니다. 그거 하나만 더 얹어주시죠."

"들어보고 판단하겠습니다."

"그리 어려운 건 아닐 겁니다. 영지전 콘텐츠, 계획하고 계시죠?"

"으음?"

전혀 예상치 못한 요구에 강민구가 말을 아꼈다.

'그야 물론 영지전 콘텐츠도 계획하고는 있지만…… 갑자기 왜 저런 질문을?'

강민구 입장에서는 당연히 고개가 절로 갸웃거려질 만한 의문이다. 영지전은 애초에 길드들, 그것도 덩치가 크고 이름 좀 날리는 길드들을 위한 것이다.

당연히 혈혈단신인 카이와는 그 어떤 접점도 없을 만한 콘텐츠다.

"말씀하신 것처럼 계획은 있습니다만…… 혹시 그에 대해 궁금해하시는 연유를 여쭤봐도 되겠습니까?"

"대략적인 날짜라도 알고 있어야 대비를 할 수 있으니까요."

"대비라니……."

어처구니없다는 표정을 드러낸 강민구는 자신의 실수를 알아채곤 황급히 표정을 지워냈다.

'지금 설마 영지전 콘텐츠에 참가하겠다는 소리인가? 그것도 혼자서?'

강민구는 피어오르는 웃음을 노련하게 참아냈다.

'나이에 비해 눈치도 빠르고 머리도 좋았지만…… 마무리가 조금 아쉽군.'

이제는 편안한 마음이 들었다.

자신이 영지전 업데이트에 대한 사실을 알려줘도, 카이는 그 어떤 성과도 올리지 못한다.

'그것은 개인의 한계지. 미드 온라인은 하나의 사회다.'

게다가 미드 온라인은 전 세계를 하나로 잇는, 전무후무한 초거대 사회!

물론 강민구는 카이의 심정을 이해했다.

자신 또한 성공한 사람으로서 그의 기분을 모르지는 않았으니까.

'한참 자신감에 차올라 있을 때지. 모든 것들이 자신의 발밑으로 보일 테고.'

태양의 사제로 전직한 이후, 카이의 행보는 승승장구 그 자체였다.

그는 언노운이라는 가면을 쓰고 있다지만 인터넷의 일약 스타가 되었고, 세계 10대 길드조차 무서워하지 않는다.

당연히 중소 규모의 길드 따위가 눈에 들어올 리가 없다.

'하지만 세상은 그렇게 만만하지 않다는 걸 이번에 깨닫겠지. 어쩌면 이번 기회로 더 성숙한 어른이 될지도.'

강민구는 새하얀 이를 드러내며 미소를 지었다.

"좋습니다. 이벤트 일정과 영지전 업데이트 날짜. 그 조건으로 영상을 넘겨받겠습니다."

몇 가지 우여곡절이 있었지만, 결과적으로는 서로가 웃을 수 있는 거래였다.

거래는 일사천리로 진행되었다.

카이는 페가수스사에서 공개될 영상에서 자신의 스킬과 같이 정체를 유추할 수 있을 만한 모든 부분을 철저하게 삭제했고, 페가수스 사는 그의 말을 고분고분 따를 수밖에 없었다.

'이벤트 정보와 영지전에 대한 정보까지……. 완벽해!'

페가수스 사에서 조만간 개최할 이벤트의 정식 명칭은 '침공'이었다. 대륙 전역에서 이벤트 몬스터와 이벤트 보스 몬스터가 쏟아져 나오면, 그들을 잡아 포인트를 모으는 형식이었다.

'기본적으로는 오크 토벌대랑 방식이 비슷해. 하지만…….'

그때는 200명 남짓한 유저들이 경쟁자였지만 이번에는 무려 7억 명!

당연히 이벤트의 보상도 그때와는 비교도 할 수 없을 만큼 훌륭할 것이다.

'영지전 업데이트는 아직 몇 달 남았으니 이건 천천히 준비하면 되겠어.'

카이가 굳이 영지전 업데이트 날짜까지 건네받은 이유는 간단했다.

'일단 날짜를 알아둬야 슬슬 대비를 하지.'

영지전이 업데이트되면 평소에 조용히 지내던 길드들조차 전쟁을 시작할 것이다.

전쟁이란 곧 기회다. 돈과 명예를 모두 거머쥘 기회!

'여차하면 정보를 거래 수단으로 삼을 수도 있고.'

아직 추측만 난무하는 영지전 업데이트의 날짜를 아는 사람은 카이뿐이다. 독점 정보의 가치는 높을 수밖에 없다.

'하지만 지금은 이런 것들보다 성장이 우선이야.'

그 생각대로였다.

시작도 전에 김칫국을 벌컥벌컥 들이켜는 사람치고 결말이 좋은 법은 없는 법!

실제로 강민구는 침공 이벤트 시기를 대략 한두 달 뒤로 추측하고 있었다. 정확한 날짜가 정해지면 알려주겠다고 했으니

차분히 준비만 하면 된다.

'당분간 사냥터에 틀어박혀서 레벨 좀 올려야겠어.'

원래 카이는 당분간 남들처럼 여유롭게 사냥을 하려고 했다. 지금이라면 여유롭게 사냥을 해도 남들보다 빨리 성장할 자신이 있었으니까.

'한데 상황을 보니 여유 부릴 시간은 크게 없을 것 같네?'

그렇다면 자신이 가진 모든 힘을 120% 끌어낼 수 있는 사냥터로 가야 한다. 최소 100레벨까지 무리 없이 올릴 수 있는 사냥터, 그리고 사람들의 눈에 띄지 않고 레벨 업 할 수 있는 장소를 찾아야 한다.

"아무리 생각해도 두 군데밖에 없는데?"

우선은 얼마 전까지 있었던 심해. 남들의 시선을 100% 차단할 수 있으며, 인어 족의 도움도 받을 수 있다. 하지만 몬스터들의 레벨이 전체적으로 높다는 것이 흠이다.

'그리고 또 하나는……'

스켈레톤이나 좀비, 레이스들이 활개 치는 묘지. 미드 온라인에 성직자가 많지 않은 관계로, 다른 유저들이 즐겨 찾는 장소는 아니었다.

'음. 나 혼자였다면 심해로 들어갔을 테지만……'

지금은 블리자드도 어느정도 까지는 키워야 한다. 바닷속에서 허우적거릴 녀석을 떠올린 카이는 고개를 내저었다.

"아무래도 묘지 쪽이 좋겠어."

그곳은 사제인 자신의 힘을 최대한 활용할 수 있는 장소니까.

멜베른의 공동묘지는 110레벨의 몬스터들이 서식하는 곳으로, 보통은 스켈레톤들이 나온다.

스켈레톤의 특성상 드랍하는 재료 아이템은 냄새나는 해골뿐. 심지어는 그마저도 잘 뜨지 않고 이따금 필드 보스인 블랙 스켈레톤 나이트까지 등장한다.

사제나 성기사 클래스가 아니라면 딱히 메리트가 느껴지지 않는 곳이다. 실제로도 아무도 없는 공동묘지는 귀신이라도 튀어나올 것처럼 황량했다.

"블리자드 소환."

위치를 지정하자 바닥에 마법진이 그려지더니 그 위로 블리자드가 소환되었다.

[강화 소환의 효과가 적용됩니다.]
[물리 공격력이 증가합니다.]

"오."

카이의 안색이 밝아졌다.

강화 소환에 대해 다양한 시험을 해본 결과, 공격력 증가 버프는 상당히 좋은 축에 속했으니까.

"크루오오오!"

소환과 동시에 포효를 내지르는 블리자드!

녀석에게는 아직 방어구를 입혀주지 않았다. 장비를 입히려면 꼬리 부분에 구멍을 뚫어야 하는데, 대장간에 들를 시간이 없었기 때문이다.

'그냥 빠르게 100레벨 찍고, 칠흑의 원한 세트에 구멍 뚫어서 입혀야지.'

카이는 스윽, 검지를 이용해 자신의 앞을 세로로 갈랐다.

"넌 왼쪽에서 사냥해. 내가 오른쪽으로 갈 테니까. 죽을 것 같으면 나한테 도망치고."

"끄루욱!"

이런 데서 죽을 일은 없다는 듯, 꼬리로 바닥을 꿍꿍 내려치는 블리자드에게 버프를 걸어주자 신이 난 듯 빠르게 사냥을 하러 떠났다.

"그럼 나도 일해볼까. 예전 생각나고 좋네."

놀의 무덤을 공략할 때도 이런 식으로 스켈레톤을 한가득 상대했다. 그때와 달라진 점은 자신이 성장했다는 것.

'그때는 홀리 익스플로전밖에 사용하지 못했지만…….'

지금의 카이는 그때보다 더 많은 스킬을 지니고 있었다. 이번 사냥의 목적에는 그 스킬들을 더 잘 사용할 수 있게끔 연습하는 것도 포함되어 있었다.

'최고의 대미지를 뽑을 수 있는 딜 싸이클을 연구해야 돼.'

카이가 다가가자 터벅터벅, 묘지를 배회하던 스켈레톤 나이트가 안광을 터뜨렸다.

-인간…… 너의…… 뼈와 살을…… 파괴할 것이다…….

턱뼈를 딱딱거리며 다짜고짜 시비부터 거는 몰상식한 스켈레톤 나이트!

터르르륵.

녀석의 검집에서 빠져나온 검은 심하게 녹슬어 있었다.

물론, 한 대라도 얻어맞는다면 '아! 보기엔 저래도 공격력은 더럽게 높구나!'라는 소리가 절로 나올 것이다.

'일단…….'

예전의 카이라면 조심스럽게, 방어에 전념하며 녀석의 패턴부터 파악했을 것이다.

하지만 지금의 카이는 굳이 그럴 필요가 없다.

저런 잡몹 뼈다귀의 패턴 따위는 무시할 정도로 성장했으니 말이다.

# 32장
# 사냥꾼의 밤

콰드드득!

**[레벨이 올랐습니다.]**

카이가 멜버른의 공동묘지에 방문한 지도 어느새 6일이 지났다. 그사이 5레벨이 올라 95, 당금의 목표였던 100레벨이 가시권에 들어온 것이다.

'블리자드도 이제는 제법 성장했고.'

녀석의 검술 스킬은 며칠간의 사냥으로 초급 7레벨이 되어 더욱 기민해졌다.

카이와 블리자드, 두 실력자가 넓은 사냥터를 전세라도 낸 것처럼 이용하니 경험치는 빠르게 오를 수밖에 없었다.

'이래서 거대 길드들이 사냥터 독점을 못 해서 안달이구나.'

경쟁할 대상이 없다는 것만으로도 이렇게 경험치가 빨리 오를 줄이야.

사냥을 어느정도 마치고 주변의 뼈 무더기를 한 바퀴 둘러본 카이는 모닥불을 피우며 그 옆에 쭈그려 앉았다.

**[카이]**

[직업 : 태양의 사제]

[레벨 : 95]

[칭호 : 신의 대리자]

[생명력 : 28,500]

[신성력 : 34,900]

**[능력치]**

힘 : 370 / 체력 : 285

지능 : 226 / 민첩 : 200

신성 : 349 / 위엄 : 167

선행 : 106

캐스팅 시간 30% 감소

스킬 쿨타임 9% 감소

받는 대미지 3% 감소

마법 방어력 40% 증가

독 저항력 +30


'이제 정말 조금 남았다.'

칠흑의 원한 세트를 졸업하는 데까지 정말 몇 발자국밖에
안 남았다. 솔리드에게 의뢰해놓은 장비는 이미 완성이 되었
을 테지만, 100레벨을 찍은 뒤 찾으러 갈 생각이었다.

'어차피 지금 당장은 사용하지도 못할 테니까.'

솔리드는 착용 제한 100레벨 수준의 장비를 만들었을 것이
다. 그렇다면 지금 찾으러 가봐야 사용할 수도 없다.

"블리자드 밥 줘야 할 시간이네. 역소환, 소환."

멀리 떨어져서 사냥 중이던 블리자드가 순식간에 눈앞에
소환되었다.

녀석은 갑자기 소환되었음에도 당황하지 않고 자연스레 손
을 내밀었다. 6일 동안 반복된 생활에 익숙해진 것이다.

"자, 먹고 해."

인벤토리에서 꺼낸 빵과 수프를 적당히 데워서 건네자, 녀석
은 정말 맛있게 먹었다. 카이 또한 수프를 입으로 가져가며 커
뮤니티창을 열었다.

지난 며칠간 천지가 개벽할 정도로 큰일은 일어나지 않았지
만, 제법 많은 일이 있었다.

'우선 나에 대한 버그 논란이 싹 사라졌지.'

페가수스사가 공개한 영상이 톡톡히 제 역할을 해준 것이다. 악플의 수가 크게 줄었고, 후원금도 다시 조금씩 늘어나는 중이었다. 물론 페가수스사의 주가도 다시금 회복되었고.

'그리고…… 블랙마켓 녀석들이 결국 그걸 써먹었네.'

카이가 팔았던 길잡이의 수색 팔찌를 통해 고대왕의 던전에 입장한 블랙마켓은 그곳을 성공적으로 공략했다.

공략 영상은 실시간 중계되었고, 지금은 인터넷에서 유료로 구매해야 볼 수가 있다.

'세계 10대 길드 중에서는 최약체로 손꼽히던 블랙마켓이 그 정도 전력을 지니고 있었을 줄이야.'

블랙마켓은 기본적으로 제작, 생산직 클래스의 장인들이 모여서 만든 길드다. 산드로가 길드 마스터를 맡고 있지만, 길드를 제멋대로 주무를 수 있는 건 아니다.

길드에 중요한 논의 사항이 생기면 7명의 생산직 장인 대표의 투표로 이후의 행동 방향을 결정한다. 현대 사회의 집단 지도부와 비슷한 독특한 체계를 가지고 있다.

생산직 클래스 유저들이 모인 곳이니만큼 무력이 뛰어난 랭커는 그리 많지 않다.

'……라고 생각했지.'

하지만 21세기는, 자본주의의 시대!

마르지 않는 돈의 힘이란 생각보다도 훨씬 대단했다.

블랙마켓은 길드에 속하지 않은 랭커들을 비싼 값에 용병으로 고용했다. 그들의 군더더기 없는 던전 공략 영상은 평소에 그들은 낮잡아 보던 이들에게 경각심을 줄 정도였다.

'처음부터 이럴 작정으로 그렇게 비싼 값을 치르고 사 갔던 거였어.'

있는 건 돈밖에 없다고 손가락질받으며 세계 10대 길드 자리도 위태롭다던 블랙마켓은 고대왕의 던전 공략을 완벽하게 마무리하며 다시 한번 자신들의 위치를 공고히 다졌다.

'그리고 2차 전직 퀘스트를 하는 사람들이 점점 많아지고 있어.'

레벨 200.

미드 온라인이 서비스된 지 6개월을 갓 넘긴 시점에서, 고수라고 불리려면 최소 200레벨은 넘겨야 한다.

그들이 공개한 정보는 다름 아닌 2차 전직 퀘스트에 관한 내용!

그것이 카이가 지난 며칠간 경각심을 느끼며 사냥에만 전념한 이유였다.

'내가 아무리 히든 클래스라지만, 게임이 서비스 종료될 때까지 혼자 해먹을 수는 없겠지.'

일반 클래스의 유저들은 자신처럼 압도적인 강함은 없지만 그래도 시간이 흐를수록 꾸준히 강해진다. 지금 좀 잘 나간다고 방심하면 게으른 토끼가 되는 건 시간문제였다.

하지만 지금 당장 중요한 건, 이런 것들이 아니었다.

"끄응······."

멜버른의 공동묘지가 비인기 사냥터라고는 하지만, 방문하는 유저가 아예 없을 수는 없다. 실제로 카이도 사냥을 하면서 파티 사냥을 하는 이들을 제법 많이 봐왔다.

하지만 자신이 이곳에 있다고 소문이 퍼진 건 오늘이 처음이었다. 그 소문이 퍼진 이유도 황당했다.


**[멜버른의 공동묘지에서 사냥 중인 언노운 님 발견! 사인 요청했는데 안 해주시더라구요 잉잉. ㅠ_ㅠ**

**#언노운, #언노운 님 인성. #싸가지 초큼 없으셨다? #그래도 멋있어.]**


"아오······."

지끈거리는 이마를 부여잡은 카이는 가볍게 혀를 찼다.

'이 파티 기억나····· 아까 사인해 달라고 했는데 안 해줘서 이러는 건가? 지금 나 엿 먹으라고 이러는 거 맞지?'

이제 칠흑의 원한 세트는 완전히 언노운을 대변하는 상징이 되어버렸다. 그것을 입고 사냥을 하는 이상 그를 알아보는 사람이 있을 수 있다는 뜻이다. 그래서 사냥을 할 때마다 귀찮게 사인을 해달라는 유저들이 더러 있었다. 물론 카이는 번번이 퇴짜를 놓았지만, 이런 경우는 처음이었다.

'그나마 다행인 건 블리자드와는 거리를 두고 멀리 떨어져 있었다는 건가……'

블리자드는 밥을 먹을 때만 불렀기에, 자신과 녀석의 관계가 들키지는 않았으리라. 다만 자신의 허락 없이 사진을 올려서 그로 인해 자신의 위치가 드러났다는 것이 카이를 크게 불쾌하게 만들었다.

툭툭.

"프아프아."

밥을 다 먹은 블리자드는 그릇을 바닥에 내려놓으며 기분 좋게 울었다.

"벌써 가려고?"

"크루욱."

"좀 더 쉬어도 되는데……"

도리도리.

"뭐, 그래 그럼. 죽지 말고."

끄덕끄덕.

역시 장래가 유망하던 리자드맨 일족의 전사!

블리자드는 싸움을 좋아하기로는 둘째가라면 서러워할 정도로 사냥하는 것을 좋아했다.

'주인 된 도리로 소환수보다 게으를 수는 없지.'

파악. 스윽, 스윽.

모닥불을 밟아서 꺼뜨린 카이의 눈에 우중충한 하늘이 들어왔다.

'이렇게 기분이 찜찜한 날은 꼭 재수가 없던데……'

지난 2주간의 경험으로 볼 때 이곳에 큰 위험요소는 없었다. 다만 자신의 위치가 드러났으니, 검은 벌 녀석들이 뭔가 조치를 할 수도 있겠다는 생각이 들었다.

"에이씨, 사냥터 옮겨야 하나?"

머리를 벅벅 긁던 카이는 저 앞에 리젠되는 뼈다귀들을 보며 고개를 끄덕였다.

'어쩔 수 없지. 뭐든 안전한 게 좋으니까…… 침묵의 숲으로 자리를 옮기자.'

다시 한번 자신이 찍혀 있는 SNS의 사진을 쳐다본 카이는 신경질적으로 커뮤니티 창을 껐다.

"꼬리가 길면 잡히는 법이지."

군인처럼 짧은 머리를 자랑하는 험악한 인상의 남자는 솥뚜껑만 한 손으로 제 어깨를 주무르며 씨익 웃었다.

그가 보고 있는 건 한 유저가 SNS에 게재한 사진이었다.

"이 녀석 멜버른의 공동묘지에 있다는군."

그의 말을 받은 건 그 사진을 함께 보고 있던 창술사 남자였다.

"고작 20분 전에 올라온 사진이군요. 아직 멀리 벗어나지는 못했을 겁니다."

"멜버른 묘지면 적정 레벨이 105 정도던가?"

"몬스터들 레벨이 110 정도이니 대충 그렇지요."

"하지만 언노운이 가장 최근에 레벨 공개되었을 때가……."

"1주일 정도 되었습니다. 당시 레벨은 88이었고요."

"그럼 빡세게 올렸다고 가정했을 때 지금쯤 92 정도는 되었겠어. 안 그래?"

"하지만 그 정도 속도가 나오려면 길드 차원에서 지원을 해줘야……."

"아니야. 그놈이라면 혼자서도 가능할 거야. 워낙 난 놈이니까."

남자는 두꺼운 사각 턱을 문지르다가 이빨을 드러내며 큭큭 웃었다.

"지금 그쪽 근처에 우리 애들 누구누구 있지?"

"24번 조랑 37번 조가 그 근방에서 사냥 중입니다."

"어디 보자…… 조장이 멜트랑 하비르인가?"

"예."

"그 녀석들 전부 보내서 이 새끼 죽이고 스샷 찍어와."

"하지만 둘 다 130레벨 수준의 유저입니다. 두 개 조 중 하나만 보내도 언노운쯤은……."

"쯧쯧쯧."

자리에서 일어난 남자가 창술사의 어깨를 툭툭 쳤다.

그때마다 지진이라도 난 것처럼 창술사 남자의 몸이 부르르 떨렸다.

"그걸 내가 모르겠나? 난 그저 이 녀석에게 가르쳐주고 싶을 뿐이야. 제 놈이 감히 누구를 건드렸는지. 개인이 집단에게 왜 깝치면 안 되는지. 그 당연한 사실을 말이지."

"하지만 일반 유저들이 이 사실을 알게 되면 저희에게 비난의 화살을……."

"일반 유저? 내가 왜 그런 놈들의 눈치를 봐야 하지?"

남자는 피식하더니 창술사에게 바짝 다가가 어깨동무를 했다.

"내가 누구인가?"

"타이탄 길드의 마스터십니다."

"그래. 난 세계 10대 길드 중 하나의 주인이야. 거느리고 있는 길드원만 수백 명이고, 방송과 신문사, 잡지에서는 하루가 멀다고 인터뷰 요청을 보내는 거물 중의 거물."

골리앗의 자화자찬이 재수 없게 들릴지는 몰라도, 그 내용은 모두 사실이었다.

그는 무려 무도가 랭킹 1위이자 전체 랭킹 18위. 2미터의 신장을 자랑하는 거인(巨人) 골리앗이었으니까.

그리고 그 대단한 존재의 눈에는 카이라는 존재가 굉장히 거슬렸다.

'감히 제깟 게 날 채팅방에서 추방해?'

지난날 언노운에게 미친놈이라고 한마디 했다가 강제 퇴장을 당한 뒤, 상황이 이해되지 않아 무려 네 시간 동안 멍하니 '채팅 창에서 추방당하셨습니다'라는 메시지만 쳐다봤던 과거가 떠올랐다. 기억하기 싫은 과거에 인상을 일그러트린 골리앗이 신경질적으로 말했다.

"멜트와 하비르에게 전해. 지원이 필요하면 무엇이든 말하라고."

"음…… 아무래도 마스터께서 한발 늦으신 것 같습니다."

고릴라와 어깨동무를 한 것 같은 생소한 기분을 느끼던 창술사가 진한 미소를 드러냈다.

"침묵의 숲에서 멜버른의 공동묘지로 향하는 중에 언노운을 발견했다고 합니다."

"설마 다짜고짜 덮친 것 아니겠지?"

"설마요. 항상 하던 대로, 확실히 처리하겠다고 합니다."

타이탄 길드는 다수가 지니는 이점을 그 누구보다 잘 사용할 줄 아는 곳이었다.

대상의 피를 말리는 전술을 사용하는 것이 타이탄 길드의 특징이었고, 하나의 길드에 100개나 되는 조가 존재하는 이유이기도 했다.

"사냥이 시작되겠군."

골리앗이 웃었다.


어쩌면 사람은 누구나 예지 능력을 가지고 있는 지도 모른다. 자신이 미처 공부하지 못한 부분이 시험에 나올 것 같다는 예감은 귀신처럼 들어맞거나, 몸이 무겁다는 생각이 드는 날이면 거짓말처럼 넘어지거나……. 그리고 가끔은 정말 아무런 이유 없이 막연하게 안 좋은 일이 일어날 것 같다는 생각이 강렬하게 드는 날이 있다.

카이에게는 오늘이 딱 그런 날이었다.

'몸 좀 사리자.'

이럴 때는 지나가는 나뭇잎 한 장조차 조심해야 하는 법!

침묵의 숲을 걷고 있던 카이는 맞은 편에서 유저들이 다가오는 것을 확인한 즉시 옆으로 한 발자국 물러섰다.

'누구에게든 시비가 걸릴 여지 자체를 주지 말아야지.'

하지만 결론부터 말하자면, 그 대처는 안일했다.

툭.

"아!"

가볍게 부딪친 어깨. 현실의 길거리였다면 서로 가볍게 고개를 꾸벅이며 지나갔을 만한 사소한 일이었다. 그러나 상대방은 문턱에 새끼발가락이라도 부딪힌 사람처럼 비명을 지르면서 주저앉았다.

그의 동료들이 순식간에 인상을 팍 찡그리며 입을 열었다.

"뭐야? 무슨 일이야?"

"아악. 내 어깨…… 저 새끼가 쳤어!"

"뭐? 당신 뭐야?"

"사람을 이렇게 쳐놓고 사과 한마디 안 해도 되는 거야?"

단숨에 카이를 몰아붙이는 녀석들의 행태는 분명 어이가 가출할 정도였지만 어깨가 부딪힌 건 사실이다.

'저 정도로 아플 리는 없는데……?'

하지만 상대방의 힘 스탯이 낮았다면 아픈 건 둘째 치고 체력에 피해가 갔을 수도 있는 일이었다.

그래서 카이는 고개를 숙였다.

"미안합니다. 제가 앞을 못 봤네요."

"미안하면 다야?"

"사과 한마디로 일이 다 해결될 것 같으면 세상에 경찰은 왜 있고, 법은 왜 있나?"

"……아."

카이의 미간이 찌푸려졌다.

이건 누가 봐도 의도적으로 시비를 거는 상황이다.

입술을 꾹 다문 카이의 눈빛이 그들을 훑었다.

'이 녀석들, 뭐지?'

입으로는 제 동료들을 걱정하는 척하지만, 정작 그를 부축하는 이들은 단 한 명도 없었다. 오히려 자연스럽게 퍼지며 자신의 도주 경로를 막으며 포위하고 있다. 이유는 모르겠지만, 어깨를 부딪친 것이 단순한 사고가 아니라는 것은 확실하다. 그 사실을 깨닫는 순간, 카이의 입에서도 고운 말은 나가지 않았다.

"사과를 했는데도 이러네. 그럼 뭐, 어떻게 금전적 보상, 깽값이라도 드려?"

"뭐? 이게 누굴 거지로 아나……."

"말하는 싸가지 보소!"

"가만, 이 녀석 이제 보니 언노운 아니야?"

"어, 맞네? 이야. 유명인들은 이렇게 일반인들 상대로 막 나가도 되는 거야?"

"뭐야? 무슨 일인데 그래?"

또 다른 파티가 건들거리며 그들에게 다가왔다.

"멜트, 마침 잘 왔어. 아 글쎄 저 새끼가 사람 쳐놓고 얼마면 되냐 그러네."

"지가 뭐, 재벌이야?"

"그럼 피해보상금으로 한 10억 정도 달라고 해봐?"

"크크큭. 그거 주면 진짜 넘어가 줄 수도 있는데."

녀석들의 숫자는 순식간에 8명으로 불어났다. 카이를 둘러싼 포위망은 조금 전보다 정확히 2배 더 촘촘해졌다.

'어디 소속이지?'

우선 검은 벌 쪽은 아니었다.

그곳은 길드원으로 마법사만 받아들이는 또라이 집단. 눈앞의 녀석들처럼 주먹이나 검, 창 따위를 들고 설칠 리는 없었다.

'뭐야. 그쪽이 아니라면 난 딱히 미움받을 만한 곳이 없는…… 아?'

불현듯 생각나는 한 존재.

'잠깐만. 혹시 골리앗은 아니겠지?'

말 그대로 설마라는 생각이 가장 먼저 들었다. 자신이 그에게 한 일이라고 해봤자, 고작 채팅방에서 추방한 일밖에 없으니까.

'설마 쪼잔하게 그거 하나 때문에 이러겠어?'

자신이 생각하고서도 피식 웃음이 나오는 가정이다.

'……에이 설마.'

하지만 돌다리도 두드려봐야 하는 법!

카이는 혹시나 하는 심정을 꾹꾹 눌러 담아 질문했다.

"타이탄에서 나한텐 무슨 볼일이지?"

움찔!

그들은 단체로 감전이라도 된 듯, 동시에 몸을 움찔거리며, 당황한 표정으로 서로의 얼굴을 돌아봤다.

'뭐야, 쟤가 우릴 어떻게 알아?'

'너희가 우리 오기 전에 입 털었냐?'

'개소리. 길드 엠블렘까지 떼놓은 우리의 철두철미함이 안 보여?'

'근데 저 새끼가 우릴 어떻게 알아?'

'……글쎄?'

눈빛과 눈빛 사이로 오고 가는 수많은 의문!

그나마 빠르게 정신을 차린 사내 하나가 떠듬떠듬 말을 이었다.

"지금 무슨 소리를…… 착각을 해도 단단히 했군. 우린 타이탄이 어딘지도 모른다."

"장비 보니 레벨이 최소 120은 넘어 보이는데, 세계 10대 길드 중 한 곳인 타이탄을 모른다고?"

"아니, 물론 알긴 아는데…… 우리랑은 상관이 없는 곳이라는 말이다."

"음…… 아니야. 내가 볼 때 너희는 딱 봐도 골리앗이 보냈어."

"아니라니까 그러네!"

"그럼 골리앗 개새끼라고 해봐."

"하! 골리앗 개새……."

"야, 야!"

툭툭.

동료의 팔꿈치가 자신을 거칠게 때리자, 그제야 정신을 차리며 자신의 입을 틀어막는 사내를 보고 카이는 아쉬운 표정을 지으며 어깨를 으쓱거렸다.

"아쉽네. 바보 하나 낚는 줄 알았는데."

"아, 진짜. 우리 타이탄 길드원 아니라니까 그러네! 왜 사람 말을 못 믿어!"

"아니, 진짜로 너흰 타이탄 길드원 맞다니까, 그러네. 내 말은 왜 못 믿는데?"

'수많은 작업을 쳐봤지만, 이렇게 말이 안 통하는 또라이는 처음이다.'

그렇게 판단한 타이탄 길드원들의 눈빛이 차가워졌다. 동시에 각자의 무기를 뽑았다.

"살다, 살다 이렇게 말이 안 통하는 미친놈은 처음이군."

"우와! 이렇게 시비를 거는데 말이 통하는 상대가 있었다고? 뭐, 절에 가서 부처님한테 시비 걸었나?"

"아무튼…… 내 동료에게 상처를 입혔으니 그 죗값을 달게 받아라."

"부상 같은 소리 하네. 네 동료 지금 뒤에서 겁나 멀쩡하게 검 들고 있거든? 나 쥐어 패려고."

"혀가 길구나!"

"물에 빠지면 입만 동동 뜰 것 같은 새끼!"

욕설을 내뱉으며 달려드는 타이탄 길드원들!

짜증을 한가득 받았을지언정, 그들의 공격은 매서웠다.

'타이탄 길드. 합격진이 뛰어나다고 소문난 길드지.'

타이탄에 대한 소문은 익히 들어봤다. 우선 길드에 가입하는 순간, 조를 편성하여 같은 조원들끼리 특수한 훈련을 받는다고 한다.

그 특수한 훈련이란, 현재 카이가 상대하는 합격진이었다.

캉, 카가가강!

카이의 검이 날아드는 두 개의 무기를 번개처럼 빠르게 퉁겨냈다. 그리고 곧장 왼손에서 신성 사슬이 튀어나갔다.

"어억?"

난생처음 보는 스킬에 당황한 타이탄 길드원들이 당혹성을 뱉어내며 뒤로 물러났다.

그렇게 생긴 약간의 빈틈으로 신성 사슬이 질주했다.

촤르르르륵.

"어? 어어?"

사슬은 가장 뒤에 있던 녀석의 목에 휘감겼다.

24번 조의 조장인 멜트가 당황한 표정을 감추지 못하고 눈을 크게 뜨는 순간, 그의 몸은 모터보트에 묶인 수상스키처럼 앞으로 튕겨 나갔다.

"커어어억!"

"멜트!"

바닥을 통통 튕기면서 순식간에 카이 앞으로 배달된 멜트. 카이는 발밑에서 버둥거리는 멜트의 가슴을 그대로 짓밟았다.

콰드드득!

"크악!"

'다수를 상대할 때는 머리부터 친다. 당장 전투에 뛰어들지 않고 뒤쪽에서 상황을 관전하는 녀석이 둘.'

카이는 싸움이 시작되는 순간 적들의 위치부터 파악했다.

지피지기면 백전불태(知彼知己 百戰不殆).

한 놈은 창술사, 다른 한 놈은 마법사였다.

아마 둘 중 하나가 지위가 가장 높은 녀석일 것이다.

그래서 카이는 그중 한 명을 납치해 왔다. 바로 지금 발밑에 깔려 버둥대는 마법사, 멜트였다.

'일단 정신부터 쏙 빼놔야겠지.'

카이가 검을 배운 뒤 치른 전투 경험은 이제 그리 적지 않았다. 아니, 오히려 항상 솔플을 해왔기에 다수를 상대로 하는 전투는 이골이 난 상태라고도 볼 수 있다.

다 대 일의 전투에서 조직의 머리를 가장 먼저 쳐부숴야 한다는 건 몬스터를 상대할 때도 적용되는 기본 중의 기본이었다.

'게다가 이 녀석들은 합격진을 펼치는 녀석들이잖아.'

합격진은 각자의 공격이 서로의 빈틈을 보완해 주고, 적에게 쉴 틈을 주지 않는데 의미가 있다.

당연한 말이지만 어설픈 합격진은 안 하는 것만 못하다.

'하지만 이 녀석들의 합격진은 전혀 어설프지 않지.'

타이탄 길드의 레이드 영상은 공개될 때마다 꾸준한 박수를 받았다. 이유는 그들의 합격진이 항상 잘 맞물린 톱니바퀴처럼 매끄럽게 돌아가기 때문이다.

전투가 아니라 일종의 군무를 보는 듯한 움직임!

타이탄의 합격진은 길드원 모두가 하나의 생물이 된 것처럼 움직이는 아름다움이 있었다.

'그렇다면 톱니바퀴가 못 돌아가게 만들어야지. 아주 끽끽 소리가 날 정도로 말이야.'

지금 카이가 하는 일은 톱니바퀴와 톱니바퀴 사이에 이물질을 끼워 넣는 행위였다.

푹, 푹, 푹!

카이는 사슬을 뒤로 당기면서 천천히 뒷걸음질을 쳤다.

그때마다 멜트가 질질 끌려왔고, 카이는 다른 녀석들을 견제하며 녀석의 심장을 계속해서 찔러댔다.

"커억, 이, 이거 놔라……!"

"젠장! 멜트, 복수는 해줄게!"

"뭐해 이 새끼들아! 무시하고 공격해!"

37번 조장인 하비르의 명령에 다시 정신을 수습한 타이탄 길드원들은 순식간에 여러 갈래로 갈라져 스킬을 소나기처럼 쏟아냈다.

하지만 위기를 코앞에 둔 카이의 눈빛은 그 어느 때보다도 반짝거렸다.

'확실히 아까보다는 느슨해졌어.'

앞서도 말했지만 합격진의 생명은 타이밍과 부드러운 연계다. 이를 위해서는 수백, 수천 번을 함께 연습해야 한다.

'그렇다면 수백, 수천 번을 연습한 것과 전혀 다른 상황이 펼쳐진다면?'

카이가 주입한 것은 아주 약간의 생소함과 불안감이었다.

평소와는 상황에 던져지자 저들의 움직임이 조금이지만 굼떠졌다.

'특히 저 녀석이랑 저 녀석의 몸이 눈에 띄게 무거워졌어.'

불량품이 된 톱니바퀴와 여전히 멀쩡한 톱니바퀴, 순식간에 적들을 두 종류로 구분 지은 카이가 공격을 개시했다.

목표는 아직까지 멀쩡한 톱니바퀴들이었다. 그들마저 확실하게 부숴 버려야 기계가 오작동을 일으킬 테니까.

촤르르르륵!

"크윽, 이거 대체 무슨 스킬이냐고!"

전사 하나가 검을 휘둘러 날아오는 신성 사슬을 쳐냈다.

물론 이에 카이가 준비한 것은 친절한 설명이 아닌 우악스러운 검격이었다.

콰드드득!

견고한 갑옷의 어깨 부분에 존재하는 조그마한 이음새에 정확히 검을 쑤셔 넣은 카이는 곧장 신성 사슬을 녀석의 목에 둘렀다.

"어어?"

그리고 어두운 숲을 내달렸다.

"이런 미친! 잡아!"

"쫓아!"

"근데 무슨 속도가……."

허둥지둥 카이의 뒤를 쫓는 타이탄 길드원들!

전사를 왼쪽 옆구리에 끼고 달리던 카이는 신성 사슬 하나를 더 소환해 오른손에 둘둘 말았다.

"지, 지금 뭐 하으아아아아아악!"

불안함을 느낀 전사의 질문은 중간에 비명이 되며 덧없이 흩어졌다. 카이의 주먹이 검 손잡이를 강타했기 때문이다.

콰앙, 콰앙, 콰앙!

신성 사슬을 너클처럼 주먹에 둘러놨기에 손에서 느껴지는 고통은 없었다.

카이는 주먹을 마치 못을 박아 넣는 망치처럼 사용해 검을 녀석의 어깨 깊숙한 곳으로 박아 넣었다.

"커, 커어억……!"

무언가가 자신의 몸 깊숙한 곳으로 파고드는 소름 끼치는 이질감. 게임이라 고통은 없다지만, 그 더러운 기분에 저절로 몸이 부르르 떨렸다.

콰앙! 콰앙!

전사는 단단하다. 높은 방어력의 갑옷을 장비하기 때문이다. 하지만 지금 카이의 공격은 갑옷을 무시하고 내부를 헤집는 중이었다.

'이 정도면 됐나.'

카이는 검이 손잡이 부근까지 깊숙하게 박히자, 이를 잡고 스킬을 시전했다.

"칼날 쇄도!"

기이이잉!

빠르게 돌아가는 검, 고요한 숲속을 울려 퍼지는 전사의 비명!

"끄아아아아악!"

전사가 몸을 격렬하게 뒤틀면서 비명을 내질렀다.

숲속을 떠돌며 나뭇잎을 흔들던 비명은 그가 폴리곤 덩어리가 되고 나서야 그쳤다.

꿀꺽.

소음이 가득했던 숲속은 순식간에 적막에 사로잡혔다.

카이의 뒤를 바짝 쫓아오던 타이탄 길드원들은, 강렬한 폭력 앞에 숨죽였다.

"헨슨이 당했어······."

"우, 우리는 그래도 계획대로 움직인다. 당장 시작해!"

누가 듣기에도 전의가 꺾였다고 느껴지는 목소리들이었지만 구관이 명관이라는 말이 괜히 있는 것이 아니었다.

뒤로 물러나 그들과 거리를 벌리려던 카이의 미간이 찌푸려졌다.

'이건 또 언제 만들어놨어······?'

등 뒤에서 느껴지는 단단한 감촉은 분명 어스 월. 조금 전까지만 해도 분명히 없었던 벽이다.

'역시 제법이야, 타이탄.'

마법사의 실력에 감탄할 사이도 없이 온갖 공격이 그에게 집중되었다.

전투 시작 이래 처음으로 느껴지는 위기감이 느껴졌다.

"쯧······."

가볍게 혀를 찬 카이가 신경질적으로 스킬을 사용했다.

"영체화."

화아아아악!

영체화를 시전함과 동시에 전신이 푸른색으로 변했다. 그 모습은 마치 옅은 물감을 덧칠한 것처럼 흐릿했다.

까앙, 까앙, 까앙!

타이탄 길드원들의 공격이 카이의 몸을 지나치며 어스 월에 처박혔다.

동시에 하나같이 당황한 표정을 짓는 이들!

"뭐, 뭐야!"

"설마 물리 면역…… 아니, 물리 공격 무시냐?"

"이거 고스트나 벤시들이 가지는 속성이잖아!"

"이, 이건 영체화 스킬?"

'……어라, 그 와중에 이 스킬을 알아보는 놈이 있어?'

멀찍이 떨어진 하비르의 중얼거림은 조용했지만 카이는 이를 똑똑히 들었다.

어떻게 알고 있는지 몹시 궁금했지만, 현재 상황이 '헉! 어떻게 아셨어요?'라고 물어볼 만한 상황은 절대 아니었다.

콰드드드득!

영체화 상태로 튀어나간 카이의 검이 한 놈의 목젖을 파고들었고, 왼손은 궁수의 입술을 거칠게 부여잡았다.

그 상태에서 쏘아져 나가는 홀리 익스플로전!

"끄어어…… 어업!"

게임에서 입속을 공격당하는 경우는 좀처럼 없다.

그 좀처럼 없는 경우를 마주한 궁수는 순식간에 패닉 상태에 빠져 버둥거렸다.

'확실히 영체화 상태라서 그런지 확실히 공격력은 약해졌어. 하지만……'

아직 시간은 많다.

카이는 느긋한 마음으로 제 손에 붙잡힌 적들의 피를 야금야금 깎아나갔다.

이를 보다 못한 하비르가 소리쳤다.

"거리를 벌린 뒤 마법을 퍼부어! 영체화 상태에선 마법 스킬에 두 배의 대미지를 입는다!"

'뭐야, 영체화의 약점도 알고 있잖아?'

밑천을 털린 카이는 기분이 좋지 않다는 걸 티 내기라도 하듯 인상을 찡그렸다.

그런 그를 향해 날아오는 다양한 속성의 마법 주문들!

"아이스 스피어!"

"어스 혼!"

"파이어 볼!"

'마법 저항력이 높아서 맞아도 크게 아프지는 않을 테지

만…… 저걸 굳이 맞아줄 의리는 없지.'

붙잡고 있던 적들을 바닥에 내팽개친 카이의 두 발이 바닥을 빠르게 밟았다. 마치 탱고를 추는 것처럼 화려하고 기민한 스텝이 이어졌고.

그의 몸이 마법 주문들을 가볍게 스쳐 지나갔다.

'마법을 사용한다는 판단은 좋았지만, 딱 그 정도.'

타이탄 길드원의 마법이 아무리 훌륭하다 해도, 검은 벌 길드원들보다 나을 리는 없지 않은가?

카이는 이미 예전에 검은 벌 길드원들의 마법 폭격을 한 대도 허용하지 않고 피해냈었다. 카이의 입장에서는 검은 벌 녀석들의 마법이 훨씬 무섭게 느껴졌다.

"젠장, 괴물 같은 새끼! 일단 후퇴한 뒤 태세를 정비한다! 영체화는 물리 면역이야!"

하비르의 명령과 함께 멀쩡한 다섯 명의 적들은 제각각 다른 방향으로 도망쳤다.

"……."

아무 말 없이 그들이 도망치는 방향을 분노로 가득 찬 눈에 꾹꾹 담은 카이의 신성력이 쭉 빠져나갔다.

고오오.

동시에 칠흑의 장비 위로 새하얀 신성력이 연기처럼 피어오르기 시작했다.

"허억, 허억."

열심히 두 다리를 놀리는 하비르의 입에서는 연신 새하얀 입김이 새어 나왔다.

'저런 괴물 같은 놈의 레벨이 고작 100 전후라고? 정보부 새끼들…… 믿을 게 못 되잖아!'

칼질 몇 방에 120레벨의 유저를 죽여 버리는 압도적인 공격력은 절대 100레벨 부근의 유저가 보여줄 만한 것이 아니었다.

'아니, 물론, 대부분의 공격이 급소에 박혀서 치명타가 떴다고 하지만……'

그렇다고 해도 상식적으로 이해가 가지 않는 공격력이다.

'게다가 영체화라니. 그 엿 같은 스킬은 대체 어떻게 얻은 거지?'

전혀 생각 못 한 스킬이었기에 더욱 깜짝 놀랐다.

자신이 아는 한 유니크 등급인 영체화 스킬을 손에 넣은 존재는 한 명밖에 없었으니까.

하비르는 빠르게 보이스톡 프로그램을 활성화하며 파티원들에게 명령했다.

"우선 바로 근처에 있는 멜버른의 공동묘지에서 다시 집결

한다."

[보이스……]

"거기서 재정비를 한 뒤, 이번에는 본격적으로……."

[……니다.]

말을 이어가던 하비르는 무언가 이상함을 느끼며 천천히 달려가던 속도를 줄였다.

'자꾸 무슨 메시지가 들리는데?'

마침내 자리에 멈춰 서서 메시지 로그를 확인하는 순간, 하비르의 동공이 확장되었다.

**[보이스톡에 참여 중인 인원이 없습니다.]**

"뭐, 뭐라고?"

꿀꺽.

목구멍이 따끔거릴 정도로 기분 나쁘게 넘어가는 침 덩어리. 하비르는 흔들리는 눈빛으로 파티원창을 열었다.

회색으로 칠해져 있는 닉네임과 그 옆에 그려진 해골 표시가 의미하는 바는 간단했다.

'……젠장! 그사이에 다 죽었다고?'

자신을 제외한 모두의 사망.

그 사실을 깨달은 하비르는 발에 못질이라도 당했는지 좀처럼 발걸음을 떼질 못했다.

'상대를 잘못 건드렸나?'

길드의 정보부에서는 분명 언노운의 레벨이 100 정도라고 했다. 그래서 120에서 130레벨의 유저 8명인 자신들은 승리를 확신했던 것이고.

'그런데 어떻게 이렇게 일방적으로 밀릴 수가 있지? 말이 안 되는데?'

타이탄 길드에서 누군가를 척살하는 건 일종의 놀이였다. 자신들이 사냥꾼이 되고, 사냥감을 포위하여 뒤쫓는 놀이.

'그런데 이 새끼가…… 오히려 우리를 사냥하고 있어?'

뿌드드득.

화가 치밀어 올라 이빨이 갈렸지만, 하비르는 이성을 잃지 않았다.

'지금 나에게 오고 있겠지.'

언노운의 대책 없이 깔끔한 성격상 일을 마무리 짓기 위해 뒤를 쫓아오는 중일 것이다.

"젠장!"

죽음 페널티로 인해 떨어질 경험치와 스킬 숙련도를 복구할 생각을 하니 정신이 아득해졌다.

하지만 그는 타이탄 길드의 조장으로서, 자신이 해야 할 일을 깨달았다.

'그래. 죽을 땐 죽더라도, 그놈에게서 하나라도 더 많은 정보를 뽑아내……'

나름 심오한 각오를 다지고 있을 때, 그의 다리에 무언가가 휘감겼다.

좌르르르륵!

"이건……!"

언노운이 사용하던 기묘한 스킬!

그것을 깨달은 하비르는 순식간에 창을 뽑아 용뢰섬 스킬을 이용해 사슬을 잘라냈다.

"감히 나에게도 이딴 수작이 통할 거라 생각하다니!"

하비르의 호통이 숲을 쩌렁쩌렁하게 울렸지만, 그에게 날아든 사슬은 하나가 아니었다.

좌르륵, 좌르르륵!

두 개, 세 개, 네 개…….

"이익……!"

사슬이 열두 개가 넘어가는 순간, 하비르는 몸의 통제권을 잃고 어두운 숲속으로 끌려 들어갔다.

"으읍, 으읍!"

"하여튼…… 10대 길드 녀석들은 사람 귀찮게 만드는 재주가 있다니까."

팽팽하게 당겨진 사슬 위에 앉아 있던 카이가 심드렁한 목소리로 말했다.

"내가 뭐 좀 물어볼 게 있어서 널 가장 마지막에 찾아온 거거든."

"으읍!"

"아, 입을 틀어막아서 대답을 못 하나?"

사슬들을 풀어주는 순간, 하비르가 재빨리 일어나 등 뒤의 창을 뽑았다.

"후우……."

그 모습에 가볍게 한숨을 내쉰 카이의 손목이 살짝 뒤틀렸다.

휘리릭!

"으윽!"

카이는 녀석의 목에 사슬을 휘감더니, 신성 폭발의 힘을 통해 그대로 사슬을 잡아당겼다. 그러자 압도적인 힘을 이겨내지 못하고 개구리처럼 엎어졌다.

콰당! 푸욱!

카이의 검은 다시 일어나려고 바닥을 짚는 녀석의 손을 관통해 바닥까지 파고들었다.

"크읔!"

"괜한 짓 하지 마. 넌, 나 못 이겨."

짤막한 경고를 남긴 카이가 질문했다.

"영체화 스킬에 대해선 어떻게 알고 있지?"

"크큭, 그게 궁금해서 날 안 죽이고 있었나?"

"어."

"그걸 내가 왜 말해야 하지?"

"내가 궁금해하니까."

"하, 너와 내가 적이라는 걸 까먹은 거냐?"

"대답만 잘해주면 살려줄게. 약속하지."

카이가 하비르의 장비를 스윽 훑어봤다.

"착용 제한 130레벨 이상의 창, 라이노스의 뿔, 125레벨의 블랙 워리어 방어구 세트. 딱 봐도 레벨이 130은 넘어 보이는데 사망 페널티는 피하는 게 좋잖아?"

"크큭, 멍청한 놈. 넌 아직도 단체라는 것을 이해하지 못하고 있다. 그러니 그딴 제안이나 하고 있지."

"뭐?"

"너 같이 혼자 다니는 놈이야 한 번 뒤지면 복구하는 게 힘들겠지. 하지만 과연 우리도 똑같을까? 오늘 너한테 죽은 녀석들이 레벨이랑 스킬 숙련도 복구하는데 과연 며칠이나 걸릴 거라고 생각하냐. 한 달? 아니면 20일? 아니, 길드 지원받으면 일주일이면 충분해, 이 새끼야!"

하비르는 아무 말도 못 하는 카이를 승리자의 눈빛으로 바라봤다.

"한 마디로 너 같은 놈 질문에 대답해 주고 길드에 찍히는 것보다는, 그냥 한 번 뒈지는 게 낫다는 소리지."

"음……."

카이가 천천히 고개를 끄덕였다.

사고방식 자체가 이렇게 틀릴 줄이야.

하지만 확실히 하비르 녀석의 말이 틀린 건 아니었다.

'이게 사람들이 길드에 소속되기를 원하는 이유구나.'

길드의 명령에 복종하다가 죽어도 길드 차원에서 금방 복구해 준다는 믿음. 그것이야말로 길드에 소속된 이들이 아무런 걱정 없이 명령에 따르는 가장 큰 이유였다.

'그렇다면 어쩔 수 없지.'

이 정도로 생각이 확고한 녀석을 말로 구슬리는 건 쉬운 일이 아니었다. 게다가 전투를 시작한 이후로 시간이 제법 많이 흘렀으니 후속대가 도착할 수도 있다. 궁금증이나 해결하자고 시간을 더 끌 수는 없었다.

카이는 깔끔하게 미련을 접고 하비르를 마무리했다.

"크큭…… 잊지 마라. 개인은 절대 단체를…… 이길 수 없……."

"시끄러워."

서걱!

하비르의 목을 베고 나서야 다시 숲이 조용해졌다.

"후우, 적자네. 그것도 대 적자야."

검은 벌을 적으로 돌렸을 땐 워낙 얻은 것이 많았기에 딱히 불만이 생기지 않았다.

하지만 이번엔 도대체 뭐란 말인가?

'타이탄 길드가 적으로 돌아섰지만…… 금전적 보상을 얻은 것도 없어, 끝내주는 영상을 뽑은 것도 아니야. 그렇다고 이 거지 녀석들, 죽으면서 템 하나를 안 뱉네?'

이 모든 사건의 원인은 마음씨가 밴댕이 소갈딱지 같은 골리앗 때문이었다.

"거, 사람이 살다 보면 채팅방에서 추방 좀 당할 수도 있지……."

설마 그걸 복수하겠답시고 길드원까지 보낼 줄이야.

'이러면 침공 이벤트 때의 동선을 새롭게 짜야 되잖아.'

애초에 검은 벌의 방해만 상정하고 짰던 동선이다. 하지만 이제는 타이탄 쪽의 움직임도 신경을 써야 한다.

"아, 진짜 짜증……."

카이가 속에서부터 끓어오르는 짜증을 내뱉었을 때, 한 파티가 근처를 지나갔다.

"우와, 팔로우 숫자 늘어난 거 봐!"

"언노운 효과가 좋긴 좋네."

"나중에 만나면 또 사진 찍어야지."

"이러다가 인스타 스타 되는 거 아니야?"

"……."

어디서 들어본 목소리, 그리고 그들의 대화에 언급된, 어디서 많이 듣던 이름.

"……덕분에 아주 적자는 안 나겠네."

자리에서 일어난 카이가 안도의 한숨을 내쉬었다.

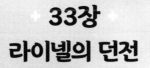

# 33장
# 라이넬의 던전

"으흐흥."

탁, 탁!

자신의 사진을 무단으로 게재한 이들에게 만족스러운 정신적 피해 보상을 뜯어낸 한정우는 샤워를 마치고 컴퓨터 앞에 앉아 수건으로 머리를 털었다.

96레벨.

여덟 명의 타이탄 길드원을 처치한 한정우가 최종적으로 찍은 레벨이었다.

'하지만 아직 부족하단 말이지.'

100레벨을 찍는 것이 목표였던 그는 추가로 레벨을 올릴 장소를 찾고 있었다.

'이제 멜버른의 공동묘지 쪽은 가기가 좀 그래.'

그 주변에서 타이탄과 그 사달이 났다. 타이탄과의 싸움은 무섭지 않지만, 한정우는 그들에게 발목이 묶이는 시간보다 조용히 사냥하는 것이 백 번은 더 낫다는 판단을 내렸다.

'검은 벌 때처럼 판돈이 크게 걸린 경우라면 모를까…… 아니라면 나만 손해지.'

어차피 타이탄 길드원들 몇 명 죽여봤자, 티도 안 난다. 아예 간부급 유저를 죽이거나 골리앗 본인을 죽이지 않는 이상은 별 의미가 없다.

'후우, 이럴 때 누가 버스라도 태워주면 얼마나 좋아.'

그때였다, 기적처럼 핸드폰이 울린 것은.


[발신자 : 민수]


'민수? 이 녀석이 갑자기 왜?'

생일과 동창회. 일 년에 딱 두 번 연락하던 녀석이 이렇게 늦은 밤에 전화라니?

고개를 갸웃거린 한정우는 전화기를 귓가로 가져갔다.

"여보세요."

-여보세요? 야야, 정우야! 날 형님이라 불러라.

"……이거 꿈 아니고 현실이다. 헛소리할 거면 다시 자라."

-후후, 하지만 내 얘기를 들어보면 형님이라는 말 밖에 안

나올걸? 일단 확인 좀 하자. 너 지난번에 사제라고 했지?

"어. 태양교 사제."

-굿! 레벨은 88이라고 했지?

"으응……? 내, 내가 그랬나? 96이라고 했던 것 같은데……."

-뭐? 96이라고? 지난번엔 88이라며?

"아, 그때 술을 많이 먹어서 헷갈렸나? 나 96인데."

-우리 술 먹기 전에 대화했던 것 같은데…….

"뭐, 그럼 내가 헷갈렸나 보지. 그건 왜 물어보는데?"

-아, 내가 이번에 신입 길드원들 버스 한 바퀴 돌아주다가 던전을 발견했거든? 근데 이게 제법 넓어. 플로어 형식.

"플로어?"

1층, 2층, 3층……. 이런 식으로 층이 나뉘어 있는 던전을 지칭하는 말이었다.

층의 개수에 따라 던전의 난이도가 천차만별이었고, 플로어 형식의 던전은 대부분 넓었기에 몬스터도 제법 많았다.

"……지금 그거 자랑하려고 전화한 건 아니겠지?"

-나 같은 참 인성이 설마. 길드 차원에서 공략하러 갈 거 같은데 최초 발견자가 나잖냐. 내가 친구 하나 데려가도 되냐고 물으니까 길마 형이 당연히 괜찮다고 하시더라.

"그래서 나 버스 태워준다고?"

-응. 싫으냐?

"그럴 리가."

세간의 눈을 피해 적당히 레벨 업을 할 수 있는 장소, 그것도 오랜만에 친구 덕을 보며 버스를 탈 수 있는 장소!

겨우 5분 만에 고민을 해결한 한정우는 얄궂은 미소를 지으며 말했다.

"고맙다. 형아."

-어우씨, 징그러우니까 하지 마! 아무튼 내일 스케줄 없지? 아, 하긴 없겠네. 너 백수잖아.

"……."

스케줄이 없다는 것이 이렇게 서러울 줄이야!

"……잠깐만. 피차 마찬가지 사정 아닌가? 너도 학교 안 다닌다며."

-나는 휘몰이 길드원이거든? 월급 200에 실적에 따른 보너스도 나와. 이번엔 던전까지 발견했으니 이번 달 월급은 제법 짭짤할 거다. 흐흐.

"……내가 따로 준비할 건 없고?"

-몸만 와, 몸만. 나머진 형이 알아서 다 해준다.

"알았다. 그럼 내일 보자."

-오냐.

아르한의 폐허.

민수가 새로운 던전을 발견한 장소였다. 설정상 고대의 시대에 신전이 세워져 있던 곳이지만, 시간이 흐르면서 폐허가 되어버린 장소였다.

그 때문인지 아르한의 폐허는 이끼가 껴있는 돌담이라든지, 한때는 찬란했을 신전의 기둥이나 조각상 파편 따위가 여기저기 널브러져 있었다.

"온다!"

"이번에는 네 마리예요! 정신 바짝 차리세요!"

"헤이스트! 블레스! 홀리 인챈트!"

카이는 슬쩍 고개를 돌려 정신없이 사냥하는 유저들을 쳐다봤다.

'90레벨 정도의 사냥터라더니, 인기 좋네.'

기본적으로 몰이사냥을 할 수 있을 정도로 몬스터가 많기에 유저들이 많이 찾는 곳이었다. 물론 몬스터의 레벨이 95 정도라고 플레이어들이 그 레벨에 맞춰선 안 되었다. 이곳에서 몰이사냥을 하기 위해선 최소 105레벨은 되어야 한다.

다른 유저들 입장에서는 이곳에서 몰이사냥을 하는 것이 그나마 경험치가 잘 오르는 것이었지만, 솔플 유저인 카이의 기준에서는 그저 그런 장소였다.

'어디로 오라고 했더라?'

미니맵을 확인하고 민수가 찍어준 좌표로 이동하자, 돌담에 앉아 있던 남자가 손을 흔들며 아는 체를 했다.

"왔냐. 조금 빨리 왔네."

"민수?"

"어. 게임에선 발터라고 부르면 된다."

발터는 카이를 쳐다보며 실실 웃었다.

"이야, 확실히 사제복이 잘 어울리네. 너 닉네임 뭐냐?"

"카이."

악수를 나누며 카이를 친구 창에 등록한 발터는 고개를 갸웃거렸다.

"그런데 너는 왜 레벨이며 클래스며 죄다 비공개로 해놨어?"

"왜? 혹시 버스 타는 데 문제가 되나?"

"아니, 딱히 문제가 있는 건 아니고…… 뭐, 상관없나. 일단 이동부터 하자."

앞장서는 발터의 장비를 흘깃 쳐다본 카이가 작게 고개를 끄덕였다.

'게임에서 버스를 태워주네, 마네 말이 많아서 얼마나 대단한가 했더니…….'

확실히 어디 가서 큰소리를 칠 정도는 되어 보였다.

'레벨은 135 정도인가. 직업은…….'

친구 창에 떠 있는 발터의 클래스는 방패 전사. 파티에서 주로 탱커 포지션을 맡는 유저들이 선호하는 클래스였다.

"자, 이쪽으로."

폐허의 외곽 지역에 도착한 발터는 주변을 휙휙 둘러보며 목격자가 없다는 것을 확인하더니, 바닥을 만지작거렸다.

드르르륵.

그러자 둔탁한 소리와 함께 옆으로 밀려나는 돌바닥 밑으로는 아래로 향하는 계단이 모습을 드러냈다.

카이는 순수하게 감탄했다.

"아무리 봐도 다른 바닥들이랑 똑같잖아? 어떻게 이런 곳에서 던전을 찾은 거야."

"운이 좋았지. 휴식 좀 하겠다고 여기 앉았다가 발견했거든. 일단 남들 보기 전에 들어가자."

드르르륵.

안쪽으로 들어오자 다시 입구를 닫는 발터.

벽에는 횃불이 달려 있었기에 내부가 어둡지는 않았다.

계단을 내려가던 카이가 질문을 던졌다.

"여긴 무슨 몬스터 나와?"

"밖이랑 똑같지 뭐. 리빙 아머들 돌아다니고, 아래로 내려가는 계단에는 듀라한도 있더라."

리빙 아머란 말 그대로 살아 있는 방어구였다.

억울하게 죽은 병사들의 혼이 방어구에 깃들어 영원히 돌아다닌다는 것이 게임의 설정이었고, 듀라한도 비슷했다.

"던전 퀄리티는 괜찮은 것 같은데, 레벨은 좀 높겠지?"

"뭐, 필드보다 조금 높은 정도지. 1층에 나오는 리빙 아머들이 보통 97에서 100 사이. 듀라한은 125더라. 아, 저기 모여 있네."

활짝 웃어 보인 발터는 앞으로 나가더니 기다리고 있던 일행에게 인사했다.

"저희가 좀 늦었나요? 죄송해요."

"아니, 10분까지 오기로 했으니 조금 빨리 도착한 편이지. 이쪽이 말했던 친구?"

"넵. 야, 인사드려. 부길드마스터 흑곰 형님이셔."

살짝 상체를 숙인 발터가 카이의 귓가에 작게 속삭였다.

"놀랍겠지만 무려 랭커야. 7,825위시거든. 존경스럽지?"

"……."

보통 10,000위까지를 랭커로 취급하니 발터의 말이 틀린 건 아니었다.

물론 그 사실이 놀랍지도 않고, 딱히 존경심도 들지 않았지만.

'그래도 민수 입장을 생각해 줘야겠지.'

오늘 하루 신세를 지는 입장이기도 하고, 흑곰은 발터의 상관이기도 하다. 그 사실이 카이의 고개를 숙이게 했다.

"오늘 함께 사냥하는 걸 허락해 주셔서 감사합니다. 직업은 사제, 카이라고 합니다."

"허락은요. 다 같이 즐기려고 하는 게임인데요, 뭘. 그런데 발터에게 듣기로는 아직까지 길드가 없으시다고……."

흑곰의 눈빛에 살짝 기대감이 어렸다. 혹시 말이 잘 통하면 사제라는 고급 인력을 길드에 끌어들일 수도 있기 때문이었다.

물론 카이는 가볍게 철벽 스킬을 시전했다.

"네, 아직까지는 어딘가에 소속되고 싶다는 생각이 없어서요. 워낙 자유롭게 돌아다니는 걸 좋아하는 터라……."

발터가 카이의 어깨를 툭툭 두드리며 크게 웃었다.

"하하. 이 녀석이 이래요. 얘 오픈 베타부터 게임했다는데 레벨이 아직도 96이라니까요? 심각하죠?"

"……오픈 베타 때부터 하셨다고?"

흑곰이 살짝 놀란 표정을 지으며 되물었다.

오픈 베타 때부터 게임을 한 이들 중 재능 좀 있다는 사람들은 모두 레벨이 170은 넘겼으니까.

'안타깝게도 게임에 썩 재능이 있는 친구는 아닌가 보군.'

아쉽다는 표정을 지은 흑곰은 카이의 어깨를 가볍게 두드렸다.

"그렇군요. 하지만 이 게임은 레벨이 다가 아니니까 너무 실망하지 말아요. 자유롭게 여기저기 여행다니는 거, 개인적으로 저도 언젠가 꼭 해보고 싶은 게임 스타일이니까. 아! 그리고 혹시라도 길드에 들고 싶은 마음이 들면 언제라도 발터 녀석을 통해서 말해주세요. 사제는 언제든지 환영입니다."

"신경 써주셔서 감사합니다. 언젠가 길드에 소속될 마음이 들면 이 녀석에게 꼭 말할게요."

인사를 마친 흑곰은 마지막으로 사냥을 준비하기 위해 다른 이들에게 돌아갔다.

그 모습을 지켜보던 카이는 자리에 위치한 휘몰이 길드원들을 스윽 훑어봤다.

'인원은 30명 정도? 길드 단위로 공략하는 것 치고는 인원이 많지 않네. 아니, 오히려 적어.'

카이의 눈빛에 떠오른 의문을 읽었는지, 그의 어깨에 팔을 척 올린 발터가 말했다.

"길드의 높으신 분들은 사냥이랑 메인 퀘스트 진행한다고 바빠서 신입 버스 태워줄 시간 따위는 없으시다. 사실 흑곰 형님도 바쁜 시간 쪼개서 겨우 와주셨어. 사람 좋지?"

"어. 배려심 깊어 보이네."

"개인적으로 존경하는 형님이라니까. 아, 그리고 사냥 시작하면 넌 뒤쪽에 있어야 한다?"

엄지를 목에 그은 발터가 죽는 시늉을 했다.

"너 사제니까 어그로라도 끌리면 몇 대 맞고 바로 죽을걸?

사제 몇 명 더 있으니 리저렉션으로 살리면 되긴 하지만 경험치는 엄청 떨어지잖아. 넌 저기 뒤에 있는 애들이랑 같이 이동하면 돼. 우리 길드 신입들."

"신경 써줘서 고맙다."

"우리 사이에 뭘, 아직 던전 발견 버프 게임 시간으로 7일 정도 남았거든? 파티하면 너도 적용될 거야. 100레벨 찍을 때까지 죽지 말라고."

싱긋 웃은 발터는 카이를 신입들에게 끌고 갔다.

"이쪽은 오늘같이 사냥할 내 친구. 사제니까 아프면 호! 해달라고 해."

"처음 뵙겠습니다!"

"안녕하세요!"

"잘 부탁드려요!"

마치 군대처럼 기합이 바짝 들어 있는 신입들!

카이가 이게 뭐냐는 눈빛으로 쳐다보자, 발터가 작게 속삭였다.

"우리보다 나이가 어린데, 휘몰이 들어왔다고 기합이 아주 군인 저리 가라다. 가능하면 네가 애들 좀 풀어줘. 너 이런 거 잘하잖아?"

"여기가 보육원이냐……."

"아무튼, 부탁한다. 그리고 여기 몬스터 진짜 많거든? 몰이 사냥 시작하면 경험치 아주 쭉쭉 오를 거다. 안전벨트 꽉 매."

"버스 받는 게 처음이라서 잘 모르는데, 기여도 낮으면 경험치 덜 들어오지 않아?"

"그건 그런데 레벨 높은 사람이랑 파티하면 경험치 보정 있어서 잘 들어갈 거야. 그리고 너 사제니까 나한테 계속 버프랑 힐 줘. 내가 어그로 꽉 잡으면서 네 기여도 팍팍 올려줄 테니."

믿음직스러운 미소를 지으며 엄지를 척 하고 올리는 발터!

'이 녀석이 믿음직스러울 때가 다 있다니.'

고개를 절레절레 흔들고 있자, 흑곰이 손뼉을 치며 이목을 집중시켰다.

"지금 대열 흐트러지지 않게 조심히 이동해 주십시오. 어그로 끌리면 바로 손들고 외쳐주시고, 혹시라도 비밀 통로 같은 거 발견해도 제보해 주시고요. 그럼 출발하겠습니다."

"나도 간다. 난 앞쪽에서 탱 서야 돼."

황급히 떠나는 발터를 쳐다보던 카이는 자신의 경험치 창을 바라봤다.

'96레벨에 12%라······.'

미드 온라인을 플레이하면서 처음으로 받아보는 버스!

비록 솔플을 하는 것보다 레벨 업 속도는 늦어질지도 모르겠으나, 눈에 불을 켜고 있는 타이탄 길드의 이목을 피하기에는 이곳만큼 안성맞춤인 장소가 없었다.

'살다 보니 편하게 레벨 업하는 날도 오는 건가. 이번엔 진짜 편하게 레벨 업 해보자. 편하게……'

던전 최초 발견 버프가 끝나기까지는 아직 7일이나 남았다. 버스를 타는 사람이 대체 무슨 걱정이 있겠는가.

카이는 천하 태평한 마음가짐으로 대열을 따라 움직였다.

"탱커들은 어그로 확보해!"

"어그로 확보!"

"어그로 확보!"

"딜러들 일점사 준비!"

콰아아아앙!

휘몰이 길드의 던전 공략은 순조롭게 진행되는 중이었다.

'확실히 버스를 받으니까 편하긴 편하네. 경험치도 그럭저럭 잘 오르고.'

어째서 일반 유저들이 길드 지원을 받고 싶어 하는지 이해가 되는 기분이었다. 솔플을 하는 것보다 경험치 획득량은 적지만, 애초에 솔플은 아무나 할 수 있는 게 아니다.

더군다나 자신보다 레벨이 높은 몬스터를 빠르게 사냥하는 건 카이 정도나 할 수 있는 비정상적인 플레이 방식!

'뭐, 버스 타면서 내가 할 일은 없겠네.'

가끔씩 발터 녀석에게 힐을 넣어주고, 버프를 넣어주는 것이 카이가 던전에 들어와서 한 일의 전부였다.

'민수 녀석이 이 녀석들을 좀 챙겨주라고 하긴 했지만…….'

자신의 옆에 위치한 휘몰이 길드의 신입 길드원들에게 똑같이 버스를 타는 입장에서 뭔가 해줄 수 있는 건 없었다.

그저 가끔씩 미아가 되지는 않는지 돌아봐 주는 정도가 전부였다.

"듀라한!"

"저놈이 플로어 가디언이다!"

"사전에 보고받은 대로 레벨이 125로군. 한 마리면 굉장히 쉽겠어."

1층의 리빙 아머들은 금세 정리되었고, 계단을 지키고 있던 듀라한만이 남은 상태!

녀석은 필드에서도 네임드 몬스터로 취급되는 강력한 엘리트 몬스터.

하지만 휘몰이 길드원의 집중 포화를 맞은 녀석은 별다른 반항도 하지 못하고 녹아버렸다.

-이, 비겁한…… 인간놈들…… 어둠의 이름으로…… 용서하지 않……겠…….

"터진다!"

"대비해!"

"앞선 단단히 막아!"

'터지나 보네.'

듀라한은 사망할 때 크게 폭발하며 자신의 갑옷과 무기 조각을 사방으로 날리는 패턴을 지니고 있다. 그 사실을 모르고 전리품을 가지러 다가가는 순간, 무지막지한 폭발에 휘말려 사망하게 된다.

물론 듀라한의 패턴 정도는 훤히 꿰고 있는 버스 기사들이었기에, 방심하지 않고 폭발에 대비했다.

하지만 듀라한의 사망 폭발로 튀어나오는 갑옷과 무기 조각의 방향은 언제나 랜덤이라서 대비를 한다고 해도 파편을 100% 막아내지 못하는 경우가 나올 수도 있다.

지금이 딱 그런 상황이었다.

콰아아아앙!

"놓쳤다!"

"크윽, 파편 두 개! 뒤로 날아갑니다!"

"젠장, 뒤쪽엔 신입 녀석들이⋯⋯!"

휘몰이 길드원들이 당황한 표정으로 뒤를 돌아봤고, 카이는 짜증 난 표정으로 앞을 쳐다봤다.

'왜 나한테 날아오는 거야.'

재수없는 놈은 길 가다가 넘어져도 코가 깨지고, 지갑이 하수구로 빠진다더니!

가볍게 혀를 찬 카이는 곧장 몸을 움직였다.

"어어? 어어!"

동시에 당황한 음성을 토해내는 카이!

현재 그의 모습은 황급히 무기 파편을 피하려다가 발이 꼬인 사람처럼 보였다.

쿠웅!

꼬인 두 다리 때문에 바닥에 넘어지는 카이! 하지만 결과적으로 듀라한의 무기 파편 두 조각을 교묘하게 피해냈다.

그 모습을 확인한 버스 기사들이 안도의 한숨을 내쉬었다.

"후우, 운이 좋았군."

"발터가 데려온 친구라고 했나? 반사 신경이 쓸만한데 그래."

"오히려 다리가 꼬인 게 다행이야. 소가 뒷걸음질 치다 쥐를 잡은 격이긴 하지만."

'다행히 의심을 받지는 않았는데……'

카이는 눈앞에 떠오른 메시지창을 보며 고개를 갸웃거렸다.


**[첫 번째 기사가 쓰러졌습니다. 라이넬은 아무런 반응을 보이지 않습니다.]**


의미를 알 수 없는 메시지를 두고 공략대원들이 이런저런 의견을 나눴다.

하지만 결국 결론은 사냥을 계속하자는 것이었다.

카이는 슬며시 피어오르는 불안감에 몸을 떨었다.

'이거 왜 이래. 갑자기 또 불안해지네……'

1층에서부터 이렇게 알 수 없는 일이 생기다니. 더군다나 요즘 들어 안 좋은 쪽으로의 예감은 귀신 같은 적중률을 자랑하는 카이였다.

'에이, 기분 탓이겠지. 안전하게 버스만 타고 있는데 잘못될 게 뭐가 있겠어.'

카이는 애써 자신의 생각을 부정했다.

"음? 뭔가 좀 이상한데?"

1층의 계단을 지키고 있던 듀라한을 처치하고 잠깐의 휴식을 취한 휘몰이 길드는 곧장 지하 1층으로 내려왔다.

동시에 선두에 서 있던 흑곰의 인상이 찌푸려졌다.

'정말 이상해.'

고작 한 층을 내려왔을 뿐인데, 던전의 분위기 자체가 바뀌었다.

"뭔가 으스스한데요?"

"적당히 리빙 아머들이 나오는 던전이 아니었나?"

다른 사람들도 이상함을 느끼기는 매한가지. 벽의 색깔은 물론, 던전의 구조부터가 달라졌다.

1층은 어느 던전에서나 볼 수 있는 흔한 갈색 토벽과 단단한 흙바닥으로 이루어져 있었다. 하지만 지하 1층의 벽은 푸른 빛이 감도는 벽돌로 이루어져 있었고, 중간중간에 수상한 문양이 새겨진 기둥이 서 있었다.

"……정신 바짝 차리고 일단 한 바퀴 돌아보자."

잠시 고민을 하던 흑곰이 결정을 내렸다. 분위기가 바뀌었다고는 하나, 기껏해야 90레벨대의 사냥터에서 발견된 던전이다.

비록 지금 이 던전을 공략하는 것이 휘몰이 길드의 정예 길드원들은 아니라지만, 다들 레벨이 최소 120은 넘는 이들. 던전 클리어에 애를 먹을 정도는 아니었다.

"음?"

"리빙 아머다!"

"그런데 레벨의 상태가……?"

지하 1층으로 내려온 뒤 처음 만나는 몬스터들의 레벨을 확인하는 순간, 일행의 고개가 모로 기울어졌다.

'위층이랑 차이가 제법 심한데?'

'원래 플로어 형식의 던전이 위층 아래층 차이가 심하다지만……'

무려 5레벨이나 상승한 리빙 아머들의 레벨로 인해 사냥에 조금 더 오랜 시간이 걸릴 수밖에 없었다.

"허억, 허억. 흑곰 형님. 이거 지원 요청해야 하는 거 아닙니까?"

"지원 요청이라……."

2층의 모든 리빙 아머는 물론, 듀라한까지 처치한 흑곰의 얼굴 위로 고민이 떠올랐다.

'아직은 할 만한데, 굳이 지원 요청을 할 필요가 있을까?'

신입 길드원들의 레벨도 쭉쭉 오르는 중이었다. 그 기분 좋은 흐름을 깨기도 싫었을뿐더러, 길드의 믿음직스러운 모습 또한 보여주고 싶었다.

길드에 신입이 들어오면 버스를 태워주는 이유가 바로 그 때문이었으니까.

"몇 층 더 내려가 보고, 무리라고 판단되면 그때 지원을 요청한다."

"뭐, 그 정도라면 별문제는 없겠네요."

"여차하면 위로 도망쳐도 되니까요."

그들이 나름 심각한 고민을 하고 있을 때, 신입 길드원 쪽은 잔뜩 신이 난 상태였다.

"우와, 길드 버스가 좋다고 말만 들어봤는데 진짜 잘 오르네요."

"던전 들어온 지 이제 겨우 네 시간 정도 지난 것 같은데 경험치가 거의 60%나 올랐어요."

"이러다가 오늘 레벨 업도 하겠는데요?"

잔뜩 상기된 표정의 신입 길드원들은 앞으로 함께 게임을 플레이해 나갈 동료들과 빠르게 친해졌다.

그들을 챙겨달라는 부탁을 받았건만, 오히려 카이가 겉도는 느낌!

홀로 무리에서 동떨어진 카이는 혼자 고민에 빠져 있었다.

'이번에도 듀라한을 잡으니까 메시지가 떴어.'

**[두 번째 기사가 쓰러졌습니다. 라이넬의 의식이 천천히 수면 위로 떠오릅니다.]**

"아무 이유 없이 이런 메시지가 뜨지는 않을 텐데……."

마음 같아서는 던전의 내부를 천천히, 그리고 꼼꼼하게 살펴보고 싶었지만 사정이 여의치 않았다.

'아무래도 버스 받는 입장에서는 개인행동을 할 수가 없으니까.'

아쉬운 마음을 삼킨 카이는 다시 출발하는 일행을 빠르게 따라갔다.

**[레벨이 올랐습니다.]**
**[스탯 포인트를 5개 획득합니다.]**

라이넬의 던전 지하 4층.

출현하는 몬스터들의 수준이 높아진 만큼, 수급되는 경험 치의 폭 또한 높아졌다.

'그런데 이 층이 한계일 것 같은데?'

버스를 태워주는 휘몰이 길드원들에게 더 이상 여유가 보이 질 않았다.

그도 그럴 것이 리빙 아머들의 레벨은 112부터 117까지 랜덤 으로 출현했고, 플로어 가디언인 듀라한의 레벨은 무려 140이 었으니까.

"흑곰 형님. 아무래도……."

"……그래. 오늘은 저 듀라한만 잡고 돌아가자."

깔끔한 후퇴 선언에 모두가 안도의 한숨을 내쉬었다.

'듀라한 레벨이 140이기는 하지만 기껏해야 한 마리.'

'금방 해치우겠지, 뭐.'

순식간에 전투에 돌입하는 휘몰이 길드원들.


듀라한은 전투 시작 30분 만에 잿빛의 폴리곤이 되며 무너 졌다.

물론 이번에도 어김없이 메시지가 그들 앞으로 떠올랐다.

[다섯 번째 기사가 쓰러졌습니다. 라이넬이 침입자들의 존재를 확실히 감지합니다.]

[라이넬의 시험이 시작되었습니다. 도전자들은 앞으로 나아가십시오.]


"이게 뭐야?"

"라이넬의 시험?"

"라이넬이면 이 던전 보스로 추정되는 녀석이잖아."

"앞으로 나아가라니?"

잠시 메시지의 내용을 두고 토론이 이어졌지만, 흑곰은 칼같이 고개를 내저었다.

"안 돼. 지하 5층은 지금 우리 공략대 수준으로는 힘들어. 조금 아쉽더라도 사망자가 나오기 전에 빠지는 게 낫다."

"쩝, 이 라이넬이라는 녀석 얼굴을 못 보고 가는 게 아쉽네요."

"그래도 이 정도면 나름 대박 아니에요? 5층 이상이 되는 플로어 던전은 그리 많지 않은 것으로 아는데, 이제 신입 길드원들 버스 태워주는 장소는 확실히 얻었네요."

"신입들 레벨을 많이 올려주진 못했어. 한 명당 2레벨 정도씩 겨우 올랐나?"

"몬스터 리젠되면 또 돌아주면 되죠."

1층부터 지하 4층까지 공략을 마친 공략대는 아쉬움을 삼키며 발걸음을 돌렸다.

그때까지만 해도 성공적인 던전 공략에 모두가 웃음을 짓던 상황. 문제는 그들이 위층으로 올라가려고 할 때 발생했다.

"어? 이건 또 뭐야?"

내려올 때는 볼 수 없었던 계단을 굳게 막고 있는 석문.

밀거나, 당겨도 열릴 줄 모르는 아주 굳게 닫힌 문이었다.

"이거 안 열리는데요?"

"문을 건드리면 '앞으로 나아가십시오'라는 메시지만 떠요."

"혹시 밖에서 열어줘야 하는 건가?"

"그럼 근처에 있는 애들한테 와서 열어달라고 해볼게요."

밖에서 활동 중인 휘몰이 길드원들이 문을 열어줄 수는 없는지에 대한 확인.

그것을 위해 30분이나 기다렸지만 대답은 NO였다.

"젠장, 1층에서부터 못 내려온대요. 거기도 마찬가지로 석문이 계단을 막고 있다네요?"

"끄응……."

한마디로 그들은 던전에 꼼짝없이 갇힌 셈이다. 예고 없이 찾아온 상황에 흑곰이 아랫입술을 깨물었다.

'이런 상황은 염두에 두지 않았어.'

돌아가는 상황을 보니 던전을 끝까지 공략해야만 문이 열리는 구조인 것 같았다. 그게 아니라면 중간에 석문을 개폐할 수 있는 장치라도 찾던가.

'지하 5층이 마지막 층이라면 그나마 다행이긴 하지만…….'

문제는 보스였다. 던전이라면 어디에나 존재하는 보스 몬스터. 지금 이 파티의 전력으로 라이넬이라는 녀석을 공략할 수 있다는 확신이 들지 않았다.

"아……."

답을 내리지 못하는 흑곰을 쳐다보던 카이는 깊은 한숨을 내쉬었다.

'뭔가가 크게 꼬인 기분.'

아무래도 라이넬이라는 녀석은 자신의 집을 방문한 이들을 곱게 보내줄 생각이 없는 듯했다. 휘몰이의 버스 기사들이 회의를 나누는 동안 카이는 얌전히 기다렸다.

'벌써 30분이나 지났어.'

이미 대기 명령을 받은 신입 길드원들의 눈빛은 바람 앞에 놓인 촛불처럼 흔들리는 중이었다.

그만큼 마음이 불안하다는 증거다.

'뭐, 불안할 만도 하지. 이렇게 결론이 안 나오는 경우는 하나밖에 없으니까.'

도저히 견적이 안 뽑힐 때, 한마디로 답이 없는 경우!

'사실 30분이나 회의하는 것도 조금 웃기네.'

지금 이들이 고를 수 있는 선택지는 적들과 싸우는 것이 유일했다. 이미 플로어를 한 차례 훑어본 트레져헌터와 레인저들이는 다른 길이 없다는 결론을 내렸으니까.

카이가 이런저런 생각을 하는 동안 신입 길드원들은 이야기꽃을 피우는 중이었다.

"저희는 어떻게 될까요?"

"음…… 회의 결과가 나와봐야 알겠지만, 우선 우리는 여기서 대기하게 될걸?"

"만약 아래층으로 내려간 분들이 모두 사망하시게 되면……."

"끄응. 그때는 진짜 골치 아파지는 거지."

"그럼 이제 저희는 어떻게 해야 하죠?"

"버스 타면서 올린 경험치를 다 뱉어내게 생겼네요."

"더 안 좋죠. 죽으면 스킬 숙련도도 같이 떨어지니까요."

한숨을 푹푹 쉬는 신입 길드원들.

그들 중 한 유저가 혼자 동떨어진 채 뭔가를 골몰히 생각하는 카이에게 말을 걸었다.

"저기…… 사제님은 이제 어떻게 될 거라고 생각하세요?"

"저 말입니까?"

"네. 아무래도 저희보다 레벨이 높으시니까 경험이 더 많으실 것 아니에요."

"음……."

카이는 어느새 자신을 어미 새 바라보듯 쳐다보는 이들의 눈빛에 부담감을 느꼈다.

하지만 성격상 한 번 받은 질문에 대충 답해주는 것은 불가능했다.

"제 생각도 여러분들과 크게 다르지 않네요. 휘몰이의 레벨 높으신 분들이 따로 내려가서 공략을 해보겠다고 하시겠죠. 신입분들을 위험에 빠트릴 수는 없으니까."

"그럼 혹시 공략 성공 확률은 얼마나 될까요?"

"글쎄요. 그건 이 던전이 몇 층으로 구성되어 있는지에 따라 달라지지 않을까요?"

다음 층이 마지막이라고 해도 공략의 성공 여부는 불투명했다.

'리빙 아머, 그리고 듀라한까지는 어떻게든 가능하다 치더라도…….'

라이넬, 녀석에 대한 정보는 아직 공개된 것이 없으니까.

"자자, 회의 결과가 나왔습니다."

때마침 길고 긴 회의가 끝났는지 길드원을 이끈 흑곰이 그들 앞으로 다가왔다.

"신입들은 여기서 대기합니다. 아래층은 저희도 성공을 장담하지 못하는 미지의 영역이니 함께하는 건 너무 위험하거든요. 그리고 만약 저희가 실패하게 되면…… 하하."

말끝을 흐리던 흑곰은 고개를 꾸벅이며 말을 이어나갔다.

"사망으로 인해 발생한 손실은 길드 차원에서 책임지고 복구를 해드리겠습니다. 이번 건에 대해서는 저희의 준비 부족이 확실하니까요. 죄송합니다."

"에이, 사과까지 하실 필요는 없어요."

"맞아요. 저희들 버스 태워주시려다 이렇게 된 건데…… 오히려 저희가 죄송하죠."

"혹시 포션 부족하신 분 계시면 저한테 받아가세요."

휘몰이 길드원들 사이에서 대화가 오고갈 때, 카이는 조용히 흑곰에게 다가갔다.

"혹시 저도 아래층으로 같이 내려갈 수 있을까요?"

"음? 카이 님께서요?"

흑곰이 고개를 갸웃거리자, 그의 옆에 있던 마법사 하나가 짜증을 부렸다.

"저기요. 레벨 100도 못 찍은 분이 끼어들 때가 아닙니다. 시키는 대로 좀 합시다. 예?"

대번에 흑곰의 인상이 찌푸려졌다.

그의 입에서 굵직한 호통이 튀어나왔다.

"코밋! 카이 님은 길드의 손님이다. 네가 그런 식으로 말하면 발터와 내 입장이 뭐가 되지?"

"죄, 죄송해요. 제 생각이 짧았던 것 같아요."

"사과는 내가 아니라 카이 님에게 해야지."

"……그쪽한테도 미안하게 됐습니다."

코밋의 사과에 가볍게 고개를 끄덕인 카이는 대화를 이어나 갔다.

"제가 딜러나 탱커라면 이런 말을 드리지도 않았을 겁니다. 하지만 힐러는 레벨이 낮아도 도움이 될 수는 있으니까요."

"흠, 확실히 97레벨이라면 후방에서 힐과 버프 정도는 줄 수 있겠네요."

휘몰이 길드의 버스를 받아 경험치를 90% 올린 카이의 레 벨은 어느새 97이 되어 있었다. 잠시 고민을 하던 흑곰이 고개 를 크게 끄덕였다.

"좋습니다. 그럼 정식으로 부탁드리겠습니다. 저희와 함께 아래층으로 내려가시죠."

"부탁은요. 오히려 제가 부탁드렸던 일인걸요."

"만약 사망하시면 그 피해에 관해선 저희 길드에서 무조건 적으로 보상해 드리겠습니다."

"감사합니다."

흑곰이 아래층 공략을 준비하기 위해 다른 곳으로 향하자, 카이가 슬쩍 발터를 쳐다봤다.

그러자 빠르게 다가온 발터는 제 머리를 긁적였다.

"미안하다. 원래 코밋 형이 저런 성격이 아닌데 상황이 너무 꼬여서 좀 예민해졌나 봐. 내가 대신 사과할게."

"됐어. 본인한테 직접 사과도 들었으니까. 그것보다 묻고 싶은 게 있는데."

"뭔데? 뭐든 말해줄게."

"넌 이 길드에 왜 들어온 거냐?"

카이의 뜬금없는 질문에 눈을 깜빡인 발터가 애매한 표정을 지었다.

"어…… 무슨 뜻이냐?"

"아, 오해할까 봐 미리 말해두는데 길드를 욕하는 건 아니야. 진짜 순수하게 궁금해서 그래. 갑자기 무슨 바람이 불어서 길드에 가입할 생각이 들었는지 말이야. 넌 예전에 게임 할 때도 만년 솔플 유저였잖아."

"그때야 그랬지. 음…… 사실 미드 온라인에서도 딱히 길드에 가입할 생각은 없었는데……."

멀어져가는 흑곰의 등을 보던 그가 웃으며 말했다.

"함께 게임을 하고 싶은 사람들이랑 게임을 하면 어떤 느낌이 들까…… 그런 의문이 들어서."

"함께 게임을 하고 싶은 사람들이라……."

발터의 말을 조용히 입안에서 굴려보던 카이는 조용히 고개를 끄덕였다.

자신의 예상대로 발터는 국내 랭킹 4위라는 수식어에 크게 의미를 두지 않았을 것이다.

'흑곰을 보고 따라온 건가.'

그 녀석답다는 생각이 절로 들었다. 애초에 소문보다는 자신이 직접 보고 느낀 것만 믿는 녀석이었으니까.

"그래서 어떤 느낌인데? 함께하고 싶은 사람들과 하는 게임은."

"좋아. 진짜 재밌어."

발터가 바보처럼 흐흐 웃었다.

"길드에 가입하기 전에도 미드 온라인은 재미있었지. 게임에서 친해진 사람들이랑 파티도 하고. 던전도 다니고…… 그런데 뭔가 2% 부족했거든? 근데 길드에 들고나니까 그 부분이 채워진 기분이야."

"대체 어떤 부분이?"

"음…… 대충 설명하자면 게임에서도 집이 생긴 기분이라고 할까?"

"집?"

"어. 내가 언제든지 돌아갈 수 있는 집. 조금 낯간지럽지만, 길드 아지트가 그렇게 느껴지네."

그의 해맑은 미소를 지켜보던 카이가 피식 웃었다.

"많이 변했네. 너도."

"너만 하겠냐. 그러고 보니 이번이 두 번째네. 네가 변하는 모습을 보는 거."

"두 번째라고?"

카이의 질문에 발터의 눈빛이 깊어졌다.

"첫 번째는 석우 녀석들한테 뒤통수 얻어맞았을 때였지. 솔직히 그때 난 오히려 잘됐다는 생각마저 들더라. 마냥 사람 좋은 호구 놈이 그걸 계기로 경계심, 의심이라는 걸 조금은 깨달았으면 했으니까. 솔직히 넌 그때 사람이 좋아도 너무 좋았어."

"말도 마라. 요즘은 아주 의심병 환자 수준이라니까."

"그래도 NPC 상대로는 아직 호구짓 하고 다니겠지, 뭐."

"글쎄, 너 내가 요즘 플레이하는 거 보면 그런 소리 못 할 텐데."

"킥킥, 하여튼 이번에 너 동창회 나왔을 때 나 되게 놀랐다. 마지막으로 봤을 땐 진짜 사람한테 눈곱만큼도 관심 없다는 눈을 하고 있었는데…… 이젠 안 그렇더라고. 그래서 안심되더라."

"내가 그랬었나?"

어깨를 으쓱거린 카이는 자신의 지난날들을 회상했다.

'……확실히 게임을 처음 시작했을 때만 해도 파티를 안 했었지.'

전직을 해야 하는 10레벨까지는 시간이 걸리더라도 솔플로 진행이 가능했다.

물론 사제로 전직을 하게 된 순간 솔플은 불가능해졌다.

결국 며칠이나 머리를 부여잡고 고민을 하던 그는 어쩔 수 없이 파티에 가입했었다.

그렇게 조금씩, 다른 사람들과 파티를 꾸리며 카이는 인간 불신을 조금씩 지워나갔다.

'지금 생각하면 그때도 제법 재미있었지.'

결과적으로 미드 온라인이라는 게임을 통해 마음의 병이 크게 나아진 것이었다. 게다가 최근 석우 패거리와의 관계를 깔끔하게 마무리 지은 것은 그야말로 화룡점정이었다.

그 뒤로는 더 이상 사람이 어렵게 느껴지지 않았다.

"근데 갑자기 그런 걸 왜 묻는데?"

대화 주제가 언제 여기까지 넘어왔는지 깨달은 발터가 물었다.

이에 카이는 입꼬리만 살짝 올렸다.

"그냥"

자신의 친구에게 휘몰이 길드란 어떤 존재인지, 그것이 알고 싶었다.

'여기서 싹 다 죽으면 이 녀석도 제법 슬퍼하겠어.'

카이가 고개를 절레절레 흔들었다.

아래층으로 내려가면 생각보다 많이 바빠질 것 같았다.

✳

"배우신 스킬이 어떻게 되세요?"

"아, 힐이랑 블레스, 원기 회복의 샘이랑……."

세 명의 사제에게 호출을 받은 카이는 그들이 묻는 질문에 대답을 해줬다.

"음? 헤이스트 안 배우셨어요?"

"순간 치유는요?"

"마나 릴리즈랑 천사의 가호, 매스 힐도 안 배우셨어요?"

빈약한 카이의 스킬 트리에 난색을 보이는 사제들.

카이는 어색한 웃음을 지으며 고개를 끄덕였다.

"까먹고 교단에 안 가서 스킬들이 많이 부족하네요."

"아니…… 배우신 스킬들을 보니 60레벨 이후로는 교단을 아예 안 가신 것 같은데?"

"어쩌다 보니 그렇게 됐네요."

"허……."

난색을 보이는 사제들이었지만, 그들은 빠르게 답을 도출해 냈다.

"어쩔 수 없네요. 그럼 메인 탱커들이랑 딜러들은 저희 세 명이서 커버칠게요. 대신 카이 님은 스킬들 아끼고 게시다가 진짜 죽을 것 같은 사람에게 힐이랑 버프 넣어주세요. 저희 회복량이 모자를 수가 있으니까요."

"알겠습니다."

"그리고 음…… 스킬 쓸 때는 어그로 튈 수 있으니까 조심하시고요."

"어그로 수치 항상 확인하세요."

카이를 아예 초보자 취급하는 사제들이었지만, 카이는 되려 만족했다.

'나한테 관심 안 가져주면 오히려 잘 된 거지, 뭐.'

그만큼 자신의 활동 영역이 늘어나는 셈이기 때문이다.

"자, 그럼 출발합시다."

여태까지와는 남다른 각오를 얼굴 위로 드러낸 흑곰이 계단을 내려갔다.


**[라이넬의 던전 지하 5층에 입장하셨습니다.]**


"크윽…… 몬스터들 레벨이 또 올라갔네."

"리빙 아머들은 레벨 120짜리까지 보이는데?"

"버스는 개뿔. 내 사냥터로 쓰기에도 힘든 곳이구만."

"몬스터 색칠 놀이하는 거 보소. 그냥 숫자랑 색깔만 바꿔

났네."

"던전 이거 알고 보면 겁나 대충 만든 거 아니야?"

휘몰이 길드원들의 투덜거림을 듣던 흑곰이 명령했다.

"탱커들은 우선 한 무리만 몰아와 봐. 한 번 잡아보고 견적 뽑는다."

"예!"

순식간에 세 마리의 리빙 아머들을 끌고 오는 탱커.

"어그로 확보 완료!"

그가 어그로를 단단히 붙드는 순간, 딜러들의 공격이 시작 되었다.

"크윽, 졸라 아파!"

"어우, 피 쭉쭉 까진다!"

"사제들, 정신 똑바로 차려! 힐 타이밍 어긋나면 앞선 무너지 는 거 순식간이다!"

물론 그런 주의를 듣지 않아도, 이미 카이를 제외한 세 명의 사제들은 진땀을 흘리고 있었다.

'위층 돌 때보다 훨씬 힘들잖아……?'

'아니, 탱커들한테는 계속해서 힐을 넣고 있는데…….'

'이거 왜 이렇게 안 차? 힐 고장 났나?'

물론 모든 결과에는 이유가 있는 법이다. 약점 파악 스킬을 통해 그 이유를 발견한 레인저가 비명을 내질렀다.

"야이, 미친! 이 새끼들 치유 감소랑 치명타 증가 패시브 달고 있어!"

"호에엑! 치, 치감이라고?"

"거기다가 치명타 증가까지?"

"아니, 몬스터를 뭐 이렇게 엿 같이 만들어놨어?"

순식간에 곳곳에서 터져 나오는 불만들!

그때 카이의 귓가로 익숙한 목소리가 터뜨리는 비명이 들렸다.

"이런, 헬프! 힐 좀 주세요!"

발터였다.

'리빙 아머 두 마리의 광역기를 동시에 맞았구나. 심지어 한 대는 치명타까지 떴다.'

순식간에 30%까지 떨어진 발터의 생명력!

엎친 데 덮친 격으로, 다른 사제들은 모두 앞선의 다른 탱커들을 돌보고 있는 중이었다.

'내 차례다.'

카이의 양손에서 제각각 다른 스킬들이 시전되었다.

치유 감소는 대상의 치유 효과를 대폭 감소시키는 상태이상 디버프이다. 파티의 앞선에서 적들의 공격을 계속해서 받아내야 하는 탱커에게는 악몽과도 같은 능력이지만 대처법이 아예 없는 건 아니었다.

'큐어, 그리고 힐.'

아군에게 걸린 디버프를 정화해 주는 큐어(Cure).

그리고 아군의 체력을 회복시켜 주는 힐(Heal).

두 가지 스킬 모두 사제로 전직하자마자 사용할 수 있는 기본적인 스킬이다. 하지만 이 스킬들이 카이의 손에서 동시에 뿜어져 나오는 순간, 일행의 눈빛이 돌변했다.

심지어는 치료를 받은 발터마저 탱커인 자신의 입장을 까맣게 잊은 채 뒤를 돌아볼 정도였다.

'뭐, 뭐야, 이 녀석……?'

'방금 저거…… 설마 더블 캐스팅?'

'사제가 더블 캐스팅이라고? 마법사도 아니고 사제인데?'

입만 쩍 벌린 채 말을 잇지 못하는 파티원들.

그 위로 카이의 노성이 떨어졌다.

"다들 뭐하십니까? 라인 무너지잖아요!"

"어, 어. 그렇죠!"

"탱커들 다시 라인 세워! 발터 쪽 무너진다!"

"그쪽 집중해서 힐 보낼게요!"

혼란스러웠던 전장이 순식간에 정돈되었지만, 이미 휘몰이 길드원들에게 리빙 아머 따위는 안중에도 없었다.

그들의 모든 신경은 뒤쪽, 파티의 가장 후방에 자리한 한 사제에게 몰려있었다.

'더블 캐스팅을 사용하는 사제라니!'

'재능 낭비잖아, 그거!'

'아니, 대체 왜 마법사 안 키우고 사제를 키우고 있지?'

왼손으로 별을 그리는 것, 그리고 오른손으로 팔각형을 그리는 것은 누구나 할 수 있다.

하지만 그걸 동시에 하라고 하면 할 수 있는 사람은 거의 없다. 더블 캐스팅은 그런 종류의 기술이었다.

플레이어의 노력보다는 재능, 뇌의 성능에 의해 사용 여부가 결정되는 불공평한 기술.

'왼손으로 큐어, 그리고 동시에 오른손에서 힐.'

좌뇌와 우뇌가 동시에 명령을 내리고, 양손이 각기 다른 일을 수행한다.

이 불공평한 기술을 사용하던 사제들은 카이 이전에도 몇명 있었다. 하지만 그들은 자신의 재능을 깨닫는 순간, 캐릭터를 삭제하고 마법사로 다시 만들었다.

사제의 더블 캐스팅과 마법사의 더블 캐스팅은 그 의미나 대우부터가 남다르기 때문이다.

'만약 나도 진작 더블 캐스팅이 가능했으면, 사제를 때려치우고 마법사로 전직했을 수도 있지.'

안타깝게도 카이가 더블 캐스팅을 깨우친 건 고작 며칠 전이었다.

가장 큰 이유를 꼽으라면 역시 흰수염 사범에게 배웠던 무빙 캐스팅의 발동 원리가 더블 캐스팅과 똑같았기 때문이다.

'동시에 두 가지 일을 해야 하는 멀티태스킹. 짜증 나는 부분이 똑같아.'

멜버른의 공동묘지에서 2주 동안 솔플을 하면서 자신의 실력을 갈고닦으며 손에 넣은 성과. 더블 캐스팅도 그중 하나였다.

콰아아아앙!

"크윽!"

"아프잖아!"

-쿠오오오!

리빙 아머들의 공격은 기사 NPC를 방불케했다.

빠르고, 강력하고, 엿 같은 치유 감소 효과까지 붙어 있는 공격!

당연히 탱커들의 눈빛에서는 불똥이 튀었다.

'아오! 진짜 치감 효과만 없었으면 이딴 공격 따위는……'

'저, 저, 저. 이놈들 치감 믿고 개돌하는 거 보소!'

'아주 그냥 방패로 뚝배기를 확 마……'

물론 눈빛만 험악할 뿐, 현실은 방패로 녀석들의 공격을 패링(Parrying)하는 것이 고작이었다. 사제들이 열심히 힐을 넣고는 있지만, 치유 감소 효과 때문에 힐이 거의 들어오지 않았다.

하지만 카이의 참전이 그 상황을 뒤집었다.

"치감 디버프 걸린 분들 위주로 큐어와 힐 넣을게요. 다른 사제분들은 힐만 지원해 주세요!"

"그, 그러지."

"하지만 20명이나 되는데 가능하겠나?"

"됩니다. 전 서브 힐러니까요."

카이가 눈을 빛내며 말했다.

그의 말처럼 현재 파티에서 그의 역할은 서브 힐러. 메인 힐러 역할은 140레벨이 넘어가는 세 명의 휘몰이 사제가 맡고 있었다.

'그리고 서브 힐러는 메인 힐러가 마음껏 힐을 사용할 수 있도록 판만 깔아주면 되지!'

현재 메인 힐러들은 한 사람당 7명씩의 파티원을 담당하는 중이었다. 그들도 치유 감소 디버프가 큐어로 지워진다는 사실은 알았지만, 도저히 사용할 틈을 낼 수 없었다.

'이 사람들은 더블 캐스팅을 사용하지 못하니까.'

게다가 버프까지 계속 돌려야 하는 그들은 줄어드는 신성력까지 신경 써야 했다.

괜히 사제가 극한 직업이라 불리는 것이 아니다!

물론 카이는 그런 머리 아픈 요소들로부터 자유로웠다.

'어차피 난 서브 힐러니까.'

한 마디로 책임과 고통에서 자유로운 포지션!

"큐어, 힐! 큐어, 힐!"

카이가 전투에 합류하여 치유 감소 효과를 즉각적으로 제거해 주자, 탱커들의 체력은 순식간에 안정권까지 올라가며 유지되었다.

끼릭, 끼리릭! 콰지지직!

그 기세를 몰아 딜러들이 힘을 냈고, 리빙 아머들은 차례로 폴리곤이 되어 흩어졌다.

치열했던 전투에 지친 일행은 자신들의 무기를 늘어트리며 자리에 주저앉았다.

"하아…… 역시 지하 5층은 빡세네."

"쯧, 이럴 줄 알았으면 길드 정예들 몇 명 더 꼬셔서 데려오는 건데……."

"지금 믿을 수 있는 건 흑곰 형님뿐이니까."

"흑곰 형님이 탱커인게 아쉬워. 딜러였으면 혼자 던전 몬스터 다 녹이셨을 텐데."

"그래도 전투 초반에만 힘들었지, 끝에 가서는 별로 힘들지도 않았어."

"그거야……."

대화를 나누던 사람들의 시선이 한 곳으로 향했다.

시선의 끝에는 자리에 주저앉은 채 신성력 포션을 빨고 있는 카이가 있었다.

"야! 너 대체 뭐야!"

상기된 얼굴을 앞세운 발터가 특유의 커다란 눈을 깜빡거리며 카이에게 물었다.

카이의 인상이 대번에 찌푸려졌다.

"아, 더워. 가까이 오지 마. 주변 온도가 2도쯤 높아진 거 같잖아."

"지금 그게 중요해? 아까 그거 대체 뭐야? 더블 캐스팅 아니야?"

"맞는데?"

"마, 맞는데 라니……."

발터는 목구멍까지 올라온 질문을 억지로 삼켰다.

'그 재능 가지고 왜 사제를 하고 있어!'

"그 재능 가지고 왜 사제를 하고 있어? 어라."

결국 참지 못하고 입 밖으로 튀어나온 질문에 카이는 웃음을 터뜨렸다.

"나도 이거 할 수 있는지 몰랐어, 인마. 실제로 사용할 수 있게 된 것도 며칠 안 됐고."

흰수염 사범에게 무빙 캐스팅을 배우지 못했다면, 더블 캐스팅도 사용할 수 없었으리라. 최고급 스포츠카조차 운전자의 실력에 따라 성능이 천차만별로 바뀌는 법이다.

마찬가지로 뇌의 성능 또한 제대로 다루는 법을 배우면 더욱 효율적으로 올라갔다.

"그게 말이 되는 소리……."

"발터. 내가 잠시 카이 님과 대화를 나눠도 될까?"

"아, 네. 그러세요."

진중한 표정을 지은 흑곰은 발터에게 양해를 구하더니 카이에게 물었다.

"괜찮으시다면 잠시 대화를 좀 나누고 싶습니다."

이에 자리에서 일어난 카이가 고개를 끄덕였다.

"예, 말씀하시죠."

"혹시…… 마법사에는 뜻이 없으십니까?"

흑곰의 질문에 카이가 고개를 갸웃거렸다.

자신이 사제라는 것은 흑곰은 물론 이 자리의 모두가 알고 있는 사실이다.

'그런데도 저런 질문을 던진다는 건……. 캐릭터를 새로 키울 생각이 없냐, 이 뜻이겠지?'

돌려 말하고 있지만, 결국 영입 제안이다.

그 말을 증명이라도 하듯 흑곰의 말이 이어졌다.

"캐릭터를 다시 만드시고 저희 길드에 가입하신다면 현실 시간으로 석 달…… 아니, 두 달하고 보름 안에 130레벨을 만들어드리겠습니다. 최고급 장비도 머리부터 발끝까지 맞춰드리죠."

그야말로 입이 떡 벌어질 만한 파격적인 제안!

휘몰이 길드가 던전 하나에 쩔쩔매고 있다고는 하지만, 이들은 길드 전력의 일부일 뿐이었다.

국내의 수많은 길드 중에서 4위를 차지하고 있는 대형 길드에 속할 수 있는 절호의 기회였다. 흑곰 옆에 자리한 코밋 또한 놀랐는지, 어서 기회를 잡으라는 눈빛을 보냈다.

'그야 내가 일반적인 사제였다면 한 30분 정도 고민을 해봤을 문제지만……'

찰나의 고민조차 하지 않은 카이는 고개를 저었다.

"죄송합니다. 역시 마법사보다는 사제가 제 취향에 맞는 것 같아요."

"으음…… 하지만 더블 캐스팅은 사제보다는 마법사가 사용해야 더 위력적인 기술입니다. 순간 DPS를 두 배 가까이 올릴 수 있으니까요."

"알고 있습니다. 하지만 그래도 전 이 직업이 좋아요."

"끄응. 그렇게까지 생각이 확고하시다면 어쩔 수 없군요."

흑곰은 진심으로 안타깝다는 표정을 지었다.

'단순히 게임에 재능이 없다고 생각했는데, 아니었어.'

재능은 흘러넘치지만 욕심이 없을 뿐이었다. 흑곰은 카이를 그렇게 평가했다.

물론, 그 생각은 사실과는 조금 달랐다.

'와, 지금 신화 등급 플레이어한테 캐릭터 지우고 일반 마법사로 전직하라고 한 거지?'

상상만 해도 심장이 쿵 하고 내려앉는 무서운 소리였다. 어느 때보다도 태양의 사제에 대한 욕심을 드러낸 카이는 부르르 떨리는 몸을 겨우 진정시켰다.

"그럼 편히 쉬십시오. 10분 뒤에 출발할 예정입니다."

자리로 돌아간 흑곰은 안타까움에 한숨을 내쉬었다. 그 모습을 쳐다보던 코밋도 답답하다는 목소리로 입을 열었다.

"어휴. 진짜 아쉽네요. 왜 신은 저런 재능을 썩히는 사람에게 주는 건지…… 제가 저 재능을 가지고 있었다면 진짜 잘 사용해 줬을 텐데."

"우리같이 게임을 직업처럼 생각하는 사람이 있다면, 카이 님처럼 게임을 게임 그대로 즐기는 사람도 있는 법이지. 각자의 가치관이 다를 뿐, 한쪽이 맞거나 다른 쪽이 틀린 문제는 아니야."

"그래도…… 저 재능이면……."

"그 얘기는 여기까지."

슬쩍 고개를 돌린 흑곰은 발터와 떠들고 있는 카이를 쳐다봤다.

'그래도 약간 기대는 되는군. 내가 알고 있는 한 더블 캐스팅을 사용할 줄 아는 사제는 카이 님뿐이야.'

더블 캐스팅을 사용할 줄 아는 사제들은 30레벨 이전에 모두 마법사로 전향했으니까.

'마법사가 더블 캐스팅을 사용하면 강력한 게 당연하다. 그렇다면 사제는?'

그것이 좋든, 나쁘든.

카이가 여태껏 본 적 없던 존재가 될 것만은 확실했다.

'재미있는 사람이군. 친하게 지내서 나쁠 것은 없겠어.'

고개를 돌린 흑곰은 우선 이 던전에서 나가는 것만을 생각하기로 했다.

"헤이스트는 꼭 배워두세요. 교단에서 70레벨에 언락되니까 지금 배울 수 있을 거예요."

"아까 그거요? 힐링 웨이브라는 스킬이에요. 논타겟 스킬이라서 사용하는 게 어렵긴 한데…… 계속 연습하면 조금씩 나아져요."

"아, 그리고 성스러운 방어막 아직 업그레이드 안 했죠? 밀타 산에서 수행 퀘스트 완료하면 상위 스킬인 빛의 장막으로 업그레이드시켜 주니까 이건 꼭 하세요."

젖과 꿀과 팁이 흐르는 땅, 카이에게 라이넬의 던전은 그런 장소였다. 메인 힐러인 세 사람은 카이에게 자신들이 알고 있는 팁을 공개하는 것을 주저하지 않았다.

'꿀팁 많이 얻어가네.'

그들의 가르침을 스펀지처럼 쏙쏙 빨아들인 카이의 레벨은 어느새 98이 되어 있었다.

하루 동안 지하 5층을 듀라한까지 깔끔하게 정리했기에 가능한 결과였다.

그리고 지금 휘몰이 파티원들의 얼굴 위로는 알 수 없는 긴장감이 떠올라 있었다.

'이거, 아무래도 다음 층이……'

'무덤이 되겠어.'

'그게 라이넬의 무덤이 될지, 우리의 무덤이 될지는 모르겠지만.'

카이는 지하 6층의 듀라한을 쓰러트리고 나온 메시지를 떠올렸다.


**[여섯 번째 기사가 쓰러졌습니다. 일곱 번째 기사, 라이넬이 도전자들을 기다립니다.]**


일곱 번째 기사, 라이넬.

여태까지 이름이 없던 플로어 가디언들과는 달리 이름이 있는 기사. 동시에 이 던전의 보스 몬스터였다.

"자, 갑시다."

24인의 선두에 선 흑곰이 당당하게 외치며 계단 쪽의 석문을 건드렸다. 파티원들의 동의를 묻는 창이 나타나고, 모두 결연한 표정으로 이를 수락했다.

쿠구구구구궁.

아래층으로 향하는 계단을 막고 있던 석문이 열렸고, 공략대는 아래층으로 향했다.

"음!"

"여긴······?"

아래층에 도착한 즉시 주변을 경계하는 사람들.

그 이유는 단 하나였다.

'위층과는 플로어 형태가 다르다.'

'리빙 아머들도, 듀라한도 보이지 않아.'

'기둥들이 엄청 많은 층이군.'

'바닥은 또 왜 이래?'

바닥의 네모난 타일은 푸른색으로 깜빡깜빡 빛나고 있었다. 그 위에 올라서니 마치 체스나 바둑판 위의 병정이 된 기분마저 들었다.

주변을 살피던 흑곰이 물었다.

"라이넬은?"

"아직 위치가 파악되지 않……. 앗! 전방에 라이넬 발견!"

레인저의 외침과 동시에 모두의 시선이 앞으로 향했다.

질질.

바닥에 질질 끌리는 낡고 해진 누런색의 사제복. 그 아래로 보이는, 마찬가지로 녹이 슬고 찌그러져 있는 갑옷. 마지막으로 비어 있는 투구를 제 옆구리에 끼고 있는 녀석은 저벅저벅, 앞으로 걸어 나왔다.

**[던전의 보스, 일곱 번째 기사 라이넬과 조우했습니다.]**

라이넬은 으레 보스들이 하는 경고 문구 따위를 내뱉지 않았다.

그렇게 바로 전투가 시작되었다.

# 34장
# 칼 라샤의 성기사

라이넬의 투구에서 한 쌍의 귀화가 피어올랐다.

옆구리에 끼어놨던 투구를 꺼낸 녀석은 그것이 등불이라도 되는 듯 제 앞으로 가져갔다.

스윽, 스윽.

휘몰이 공략대를 한 차례 훑어보듯 좌우로 돌아가는 녀석의 투구.

곧장 무언가를 파악한 녀석은 바닥을 내달렸다.

'빨라……!'

'입고 있는 옷을 보면 성기사인가?'

'여기선 일단 어그로를 확실하게 잡아놓는다.'

파티의 최고수인 흑곰이 크게 한 걸음을 내디디며 제 상체를 뒤덮는 크기의 방패를 땅에 박아 넣었다.

콰드드드득.

"수호의 의지! 위협!"

파티원 전체의 방어력을 올려주는 것과 동시에, 자신의 어그로 수치를 상승시키는 스킬!

라이넬이 왼손으로 검을 뽑아 흑곰에게 달려들었다.

"와라!"

흑곰의 외침과 함께 이어지는 격돌…… 을 예상하던 모두의 눈이 크게 뜨여졌다.

…….

스윽.

흑곰의 코앞까지 도착한 라이넬.

만약 두 사람이 연인 사이였다면 키스를 나눌 수 있을 정도로 짧은 거리에서 0.5초 남짓 눈을 맞추던 라이넬의 신형이 돌연 위로 치솟았다.

"아니!"

"바닥이 움직여? 젠장, 타일이 이런 용도였나!"

"놈이 뒤쪽으로 간다! 어그로 확보 실패! 후방 라인은 산개해서 흩어져라!"

푸른색으로 깜빡이던 바닥의 사각형의 타일들은 휙휙 솟아오르며 기둥을 만들어냈고, 라이넬은 솟아난 기둥들을 밟으며 공략대의 뒤쪽으로 향했다.

다가오는 녀석을 바라보던 카이가 고개를 갸웃거렸다.

'왜 이쪽으로 오는 거지? 이쪽은 아직 아무런 스킬도 사용하지 않았어.'

아직 어그로 수치가 0이라는 뜻이다.

"설마……?"

놈의 의도를 예상한 카이는 짤막한 경고를 날리며 옆으로 몸을 던졌다.

"젠장, 피해요!"

콰아아앙!

바닥을 때리는 녀석의 참격!

산산이 조각나며 튀어 오르는 바닥 파편 사이로, 투구에 깃든 녀석의 서늘한 안광이 엿보였다.

'이 녀석, 사제만 노리는구나!'

등줄기로 소름이 쫘악 흘러내리는 순간, 라이넬의 왼손이 옆으로 튀어나갔다.

"어억!"

일행 중에서 가장 레벨이 높던 사제의 가슴에 커다란 구멍이 뚫렸다.

사제의 빈약한 방어력을 단숨에 관통한 검은 그의 체력을 60%나 앗아가 버렸다.

"다르단 형!"

"이런, 탱커들 당장 어그로 수치부터 확보해!"

이제는 파티의 후방이 되어버린 곳에서 노성을 터뜨린 흑곰은 어느새 라이넬의 뒤를 덮치고 있었다.

"나를 봐라!"

스윽.

라이넬은 스토커를 바라보듯 차갑고 관심 없다는 눈빛으로 흑곰의 가슴을 걷어차더니 다시 사제들에게 달려들었다.

"젠장, 왜 사제만 노리는 거냐? 몸으로라도 막아!"

순식간에 사제들 주변으로 모인 탱커들이 몇 겹의 벽을 세웠다.

–······.

하지만 그 벽은 애초부터 아무 의미가 없었다.

드드득.

"음?"

"이 진동은……?"

"젠장, 바닥이다!"

콰드드드득!

이 플로어의 바닥은 라이넬이 뜻대로 조종할 수 있으니까.

순식간에 최고 레벨의 사제, 다르단의 몸이 허공으로 떠올랐다.

"아, 안 돼!"

흑곰의 외침을 뒤로한 채 바닥을 박차는 라이넬.

녀석의 검은 허공에서 깔끔한 십자가를 그려냈다.

서걱, 서걱!

"……!"

비명조차 지르지 못하고 사망해 버린 다르단!

공략대의 머릿속에 제대로 빨간 불이 켜지는 순간이었다.

'이 녀석…… 사제부터 먼저 처리할 속셈이다!'

'성기사이기에 사제의 위험성을 잘 알고 있는 건가?'

'하지만 굳이 저렇게 공격을 허용하면서까지 사제만 노릴 이유는 없을 텐데?'

라이넬이 다른 모두를 무시한 채 사제의 뒤만 쫓을 때, 딜러들은 꾸준히 딜을 넣고 있었다.

벌써 녀석의 체력이 4%나 줄어들었지만, 놈은 그런 사실이 조금도 신경 쓰이지 않는다는 듯, 또 다른 사제를 향해 달려갔다.

"사, 살려 줘!"

일행 중 두 번째로 레벨이 높던 사제의 입에서 비명이 흘러나왔다. 160레벨의 보스 몬스터가 자신만 노리고 달려든다면 그 어떤 사제라도 같은 반응을 보일 것이다.

"마법사들! 발 묶어!"

"스, 슬로우 필드!"

"인탱글!"

"속박의 사슬!"

여러 개의 이동 제한 주문들이 라이넬의 몸을 뒤덮었다.

하지만…….

-안 다로스!

라이넬은 듀라한의 몸을 하고 있지만 동시에 성기사! 상태 이상에 걸리는 족족 풀어버리는 녀석의 발걸음을 늦추는 건 쉬운 일이 아니었다.

'방…… 방법을 찾아야 한다.'

흑곰의 머리가 빠르게 돌아갔다. 어그로 확보 스킬도 먹히지 않는 녀석이 사제를 공격하지 못하게 하는 방법…….

"젠장…… 이판사판이다!"

입술을 꽉 깨문 흑곰이 제 무기와 방패를 해제하며 소리쳤다.

"탱커들은 놈의 팔다리를 물고 늘어져라! 이동 속도를 조금이라도 낮추고, 딜러들이 그사이에 딜을 넣어!"

임기응변치고는 나름 괜찮은 판단이었다.

-……?

자신의 팔과 다리, 목에 탱커들이 주렁주렁 매달리자 라이넬의 신형이 잠시 멈칫했다.

하지만 다음 순간, 라이넬의 몸이 확 주저앉았다.

-림 가르도!

콰드드드득!

푸른색으로 빛난 바닥의 타일들이 모로 휘어지며 그의 몸에 붙은 탱커들을 파리처럼 쳐냈다.

동시에 라이넬은 자신의 투구를 높게 들어 올렸고, 그의 주변에 소환진이 생성되었다.

-라이넬이 스켈레톤 나이트들을 소환했습니다.

"젠장, 소환 패턴까지 있나!"

흑곰의 얼굴 위로 절망이 피어올랐다.

라이넬 혼자만을 상대하기도 벅찬 지금, 스켈레톤 나이트 다섯 마리는 확실히 귀찮은 상대였다.

'하지만 스켈레톤 나이트쯤이라면…… 그나마 다행이다.'

안도감이 섞인 한숨이 흘러나오기도 전에, 라이넬의 왼손에 끼워진 반지가 흑색 빛을 뿜어냈다.

위이이잉! 추웁, 추우웁!

바닥에서 튀어나온 끈적한 어둠이 스켈레톤 나이트들의 몸을 집어삼켰다.

그리고 뒤이어 떠오르는 메시지창은 모두를 경악하게 만들었다.


[라이넬이 서임 스킬을 사용하였습니다.]

[라이넬의 권능에 따라 스켈레톤 나이트 다섯 기가 듀라한으로 서임됩니다.]

"……!"

"마, 말도 안 되는!"

그 메시지가 결정적이었다.

그야말로 공략대의 전의를 확실하게 꺾어버리는 라이넬의 야심 찬 한 수!

"흑곰 형님. 이건 아무리 봐도……."

'공략이 힘들 것 같습니다.'

뒷말을 삼켰지만, 자리에 있던 모두는 뒷말을 알고 있었다. 그만큼 상황은 절망적이었으니까.

-라…… 데가르.

라이넬의 손짓과 함께 다섯 기의 듀라한이 탱커들에게 달려들었다.

그제야 자유의 몸이 된 라이넬은 다시금 사제들에게 달려들어 죽음의 검을 흩뿌렸다.

"커억……!"

"죄, 죄송합니다. 먼저 들어가 볼게요."

줄줄이 사망하는 사제들!

메인 힐러들은 라이넬의 압도적인 공격력을 버티지 못하고 검격 몇 번에 산화되었다.

-…….

그들을 모두 해치운 라이넬의 목표는 이제 겨우 하나. 그 대상이 된 카이는 헛웃음이 섞인 한숨을 토해냈다.

"허허. 그래…… 내가 언제부터 쉬운 길 갔다고……"

그래도 버스를 타면 쉬운 길을 갈 수 있지 않을까 생각했거늘……

재수 한번 더럽게 없는 카이는 슬쩍 스킬창을 확인했다.

'불사의 의지는 아직 쿨타임이 며칠 남았어. 따라서 내 목숨은 단 하나뿐.'

카이의 눈이 빠르게 전장을 훑었다.

'여섯 명의 탱커들은 듀라한을 맡고 있어. 흑곰 혼자서 세 마리를 맡고 있군.'

지금 당장은 흑곰이 힘내고 있으니, 힐러가 없다고 하더라도 쉽게 무너질 것 같지 않았다.

하지만 결국 적을 죽이지 못하면 전투는 끝나지 않는다.

카이는 모양새를 내려고 들고 있던 사제용 메이스를 인벤토리에 집어넣었다.

"결국, 내가 뭐 빠지게 도망 다녀야 한다…… 이거구만."

그동안 딜러들이 자신을 쫓아다니는 라이넬을 공격해서, 죽인다.

얼마나 시간이 걸릴지 모르는 죽음의 레이스. 카이는 그 어느 때보다도 떨리는 몸을 주체하지 못했다.

'나도 점점 미쳐가나 봐.'

두렵기보다는 재미있다는 감정이 먼저 느껴지다니.

올라가는 입꼬리를 감추기 위해 후드를 더욱 깊게 눌러쓴 카이가 모두를 향해 소리쳤다.

"도망치겠습니다!"

"……?"

난데없는 도망 선언으로 모두의 시선을 한 몸에 받은 카이가 손가락으로 라이넬을 가리켰다.

"제가 예전부터 달리기 하나는 기가 막히게 잘했어요. 한 시간이 되든, 두 시간이 되든, 도망 다니겠습니다. 그러니까……."

콰드드득!

카이의 말이 끝나는 것을 기다리지 않고 검을 내뻗는 비매너의 극치, 라이넬!

하지만 순식간에 몸을 굴려 공격을 회피한 카이가 오뚝이처럼 일어나며 말을 마무리했다.

"딜러분들은 안심하고 녀석을 공격해 주세요."

콰득, 콰드득.

흑곰의 방패가 마지막 남은 듀라한의 명치를 몇 번이고 내려찍었다. 그제야 폴리곤으로 변하는 지독하고 끈질긴 듀라한.

"후우……."

듀라한들을 모두 물리쳤지만, 탱커들은 누구 하나 기쁜 표정을 짓지 않았다. 다만, 어딘가 나사 하나 빠진 표정으로 어딘가를 멍하니 쳐다보는 중이었다.

콰르릉, 콰릉!

벨라지오라는 호텔이 있다.

라스베가스를 방문한 이들이라면 무조건 한 번쯤은 지나칠 수밖에 없는 유명한 호텔. 그 정면에는 거대한 인공 호수가 있는데, 15분 간격으로 화려한 분수 쇼가 펼쳐진다.

바로 지금처럼.

콰악, 콰악, 콰악!

바닥의 푸른색 타일들은 마치 분수 쇼라도 보여주는 것처럼 끊임없이 솟아올랐다.

그것들이 노리는 바는 오직 하나. 바로 카이의 움직임을 제한하고 라이넬이 그를 죽일 수 있게 도와주는 것이었다.

물론 그들은 지난 1시간 20분 동안 단 한 번도 카이를 방해하지 못했다.

'왼쪽, 오른쪽, 왼쪽, 왼쪽.'

몸을 숙여 뒤에서 날아드는 검을 회피한 카이의 시선이 빠르게 전방의 바닥을 훑었다.

깜빡, 깜빡.

푸른색으로 빠르게 점멸하는 바닥의 타일들. 그것은 다음 순간 어느 타일이 솟아오를지를 알려주는 일종의 신호였다.

다음 순간 카이의 몸은 돌개바람처럼 움직이며 솟아오르는 타일들을 모조리 피해냈다.

'그렇지. 페가수스 애들이 좀 변태 같기는 해도, 공략법이 없는 던전을 만들 리는 없지.'

물론 이 변태 같은 공략법을 눈앞에 들이밀어도 할 수 있는 사람이 몇 없다는 게 문제지만.

"……사제가 저런 움직임을 펼치는 게 말이 된다고 생각하나?"

멍하니 카이의 도주를 쳐다보던 흑곰이 물었다.

빈말이 아니라, 정말 우사인 볼트를 데려다 놔도 저렇게 잘 도망칠 수는 없을 거라는 확신이 들 정도였다.

"그, 글쎄요. 저 녀석이 중학교 고등학교 체육 대회 때 단거리 육상 선수로 나가기는 했었는데……."

머리를 긁적이던 발터도 크게 놀라기는 마찬가지였다. 흑곰의 마음속에 카이를 소유하고 싶은 욕망이 점점 커지던 때, 라이넬이 입을 열었다.

──……멈춰라!

주문을 읊조리는 것이 아닌, 사람의 말을 처음으로 내뱉는 라이넬!

그가 오죽 답답했으면 이런 말을 꺼냈을까.

그 모습을 바라보던 탱커들이 뻘쭘한 표정을 지었다.

물론 당사자인 카이도 화들짝 놀라며 뒤를 쳐다봤다.

"……말도 할 줄 알잖아?"

-그대, 지금 당장 걸음을 멈추고 정의의 심판을 받으라.

"혹시 그쪽 왼손에 들린 검이 정의의 심판?"

-기꺼이 받으라.

"가서 엿이나 까먹으라."

콰르르릉!

별 영양가 없는 대화를 끝으로 재개되는 치열한 추격전을 쳐다보는 딜러들도 놀라기는 매한가지였지만, 그들의 손은 바삐 움직였다.

"꿰뚫는 화살!"

"아이스 스피어!"

"일레트릭 볼!"

모두가 전투를 포기했을 때, 오직 100레벨도 안 되는 사제만이 희망의 끈을 놓지 않았다.

그리고 1시간이 넘는 시간 동안 저렇게 열심히 뛰어다니고 있다. 그 부끄러운 사실이 그들의 집중력을 한계까지 끌어올렸다.

콰앙, 콰르릉! 파지직!

딜러들의 스킬은 쏘는 족족 명중했다. 공격하는 족족 명중

하니, 손맛을 느낀 딜러들은 더욱 흥이 나서 스킬들을 쏟아부었다.

'……남은 체력은 3%.'

어느새 막다른 길에 몰린 카이는 열심히 움직이던 두 다리를 멈췄다.

깜빡, 깜빡.

발밑에서 깜빡이는 푸른색의 타일.

'체력도 적당하군. 여기서 승부수를 띄운다.'

카이가 라이넬을 뚫어질 듯이 응시했다.

'이 녀석은 성기사.'

행동하는 건 피를 보고 눈 돌아간 광전사 같지만, 일단 직업을 잊어버려선 안 되었다.

'궁지에 몰리면 엿 같은 패턴이 발동될 게 분명해.'

보통의 성기사 몬스터들이 그러했다. 체력이 떨어지면 주섬주섬 회복 스킬을 쓰거나 무적기를 사용하는 졸렬한 녀석들!

'아까부터 지켜본 결과. 이 녀석이 스킬을 쓰기 전에는 항상 하는 행동이 있어.'

그 생각이 머릿속을 스치는 순간.

콰드드득!

바닥의 타일이 솟아올랐고, 카이의 어깨를 중력이 짓눌렀다.

"크윽……!"

마치 안전 벨트 없이 자이로드롭을 타는 기분이었다. 정신력으로 이를 힘겹게 버티는 와중, 시야로 반짝이는 무언가가 들어왔다.

'날붙이! 검이다!'

파앗!

카이의 몸이 반사적으로 움직였다.

자신의 심장을 노리는 검을 손으로 밀어낸 것이다.

그 대가로 손아귀가 찢어지고 검이 반대쪽 팔을 베고 지나갔지만, 결과적으로 죽지는 않았다.

꿀꺽.

'미, 미친. 그런데 대미지가 왜 이래?'

물론 죽음에 달하는 피해를 입기는 했다.

과연 160레벨의 보스 몬스터가 지닌 공격력은 압도적!

7% 언저리에서 간당거리는 생명력을 보고 있자, 심장을 안 뚫린 것이 천만다행이라는 생각이 먼저 들었다.

'심장 찔렸으면 100% 사망이었어.'

재차 위로 올라가는 검을 쳐다본 카이가 라이넬의 품을 향해 달려들었다.

……!

설마 나약한 사제가 자신에게 달려들 것을 예상하지 못했던 것일까. 라이넬은 방어 자세를 취하기 위해 무의식적으로

한 발자국을 물러섰다.

그리고 그것이 결정적인 실수가 되었다.

"잘 받아간다!"

덥석!

라이넬이 옆구리에 끼고 있던 머리를 쏘옥 빼내는 카이!

그는 왕년의 축구 실력을 뽐내듯, 그것을 뻥 차서 흑곰에게 패스했다.


**[라이넬에게 876의 대미지를 입혔습니다.]**


떠오르는 메시지를 지워 버린 카이가 소리쳤다.

"마무리하세요! 그거 없으면 이 녀석 스킬 못 쓸 겁니다!"

"……!"

"과연, 그렇군!"

라이넬은 스킬을 사용하기 전에 항상 자신의 투구를 높게 들어 올렸다.

도망을 치는 와중에도 꼼꼼히 그 사실을 파악한 카이는 마지막 순간에 도박을 해보기로 했다.

'자, 계획대로 녀석을 투구 없는 찐따로 만들었다.'

투구가 없으면 스킬을 사용할 수 없을 거라는 가능성만 믿고 실행한 무모한 도전!

하지만 결과적으로 그 선택은 옳았다.

콰득, 콰득, 콰드득!

순식간에 투구 주변으로 몰려든 공략 대원들의 모든 공격이 라이넬의 투구를 향했다.

마치 지금까지의 울분을 해소하겠다는 것처럼 거칠고 잔혹한 공격들!

-크아아아!

라이넬이 텅 비어 있는 목구멍으로 푸른색 연기가 피 분수처럼 쏟아져 나왔다. 자신의 공허한 어깨 위를 더듬거리던 라이넬은 연신 몸을 비틀며 고통스러워했다.

"역시 투구가 없으면 스킬을 못 쓰나 봐?"

카이의 이죽거림에 자신의 떨리는 손을 내뻗는 라이넬!

그의 머리 위를 슬쩍 쳐다본 카이는 굳이 이를 피하지 않았다.

**[일곱 번째 기사, 라이넬]**
[남은 생명력 : 0%]

"손은 치우시고."

툭.

손가락으로 녀석의 팔을 때리자, 오래된 흙먼지처럼 부서지는 녀석의 팔. 그리고 그 파멸은 전신으로 퍼져 나갔다.

사르르륵.

띠링!


**[보스 몬스터, 일곱 번째 기사 라이넬을 처치했습니다.]**
**[레벨이 올랐습니다.]×4**
**[스탯 포인트를 20개 획득합니다.]**


"후우…… 힘들었다."

제아무리 카이라고 해도 힘들 수밖에 없었던 전투가 마무리되자 자리에 주저앉은 카이는 후들거리는 두 다리를 주물렀다.

그때, 죽은 줄 알았던 라이넬이 벌떡 일어났다.

'……뭐? 죽은 게 아니었나!'

기겁한 카이가 황급히 몸을 일으켰으나, 이내 무언가 이상하다는 것을 깨달았다.

눈을 가늘게 뜬 카이가 그의 전신을 빠르게 훑었다.

'몸이 옅어?'

마치 자신이 영체화를 사용했을 때와 비슷한 모양새였다. 게다가 아까처럼 지독한 살기나 분노를 뿜어내지도 않았다.

수도승들이나 보여줄 법한 자비로운 미소와 따뜻한 감정이 공기를 타고 전해져왔다.

'우선 적은 아닌 것 같은데? 방어구도 바뀌었고.'

기존에 라이넬을 뒤덮고 있던 낡고 해진 사제복과 찌그러진 갑옷은, 어느새 이단심판관들이나 입을 법한 정갈하고 기품이 느껴지는 사제복, 그리고 명장이 수십 번은 담금질을 했을 법한 갑옷으로 변모해 있었다.

결정적으로 그는 목이 있는 온전한 사람의 모습이었다.

라이넬이 입을 열었다.

"그대인가. 우리 칼 라샤의 신도들에게 내려진 영겁의 저주를 풀어준 은인이……."

"저희 일행이 죽여드린 건 맞는데……."

"그렇군. 멈출 수 없는 분노에 휩싸여 있던 나와 동료들을 멈춰줘서 고맙네."

아련한 눈빛을 지은 라이넬이 플로어를 크게 한 바퀴 둘러봤다.

"칼 라샤 교단. 나와 형제들이 속해 있던 교단의 이름일세. 우리는 뮬딘 교에 패배했고, 돌이킬 수 없을 만큼 몰락해 버렸지."

자신의 흐릿한 두 손을 바라보던 라이넬의 입가로 씁쓸한 미소가 스며들었다.

"그들에게 패배한 우리는 그들의 실험체가 되어 끔찍한 일을 당해야만 했네."

"설마 그 끔찍한 일 중 하나가 언데드가 되는 것이었나요?"

"맞네. 피와 복수, 분노에 미쳐 사는 언데드 기사 듀라한이 되는 것. 자랑스러운 칼 라샤의 성기사와 사제들은 스켈레톤 나이트와 듀라한이 되어 아직도 이 땅 주변을 맴돌고 있을 걸세."

라이넬은 천천히 칼 라샤 교단의 성호를 그리더니 다시 한 번 감사의 인사를 전했다.

"정말 고맙네. 그대 덕분에 나와 형제들은 영겁의 저주에서 풀려나 영원한 안식의 땅으로 갈 수 있게 되었어."

"당연히 해야 할 일을 했을 뿐입니다."

교과서, NPC를 상대하는 올바른 자세 1권에 수록되어 있는 정석적인 대답!

이에 크게 흡족한 라이넬이 흐뭇한 미소를 지었다.

"하지만 걱정하지 말게. 칼 라샤는 변화를 관장하시는 분. 신을 모시는 우리 또한 정도가 무엇인지는 모르지 않으니, 그대의 도움에 걸맞은 보상을 주겠네. 게다가 자네의 몸에서 느껴지는 건 타교(他敎)의 신성력. 내 예상이 맞다면 태양교가 맞는가?"

"맞습니다."

"역시 그렇군…… 악독한 뮬딘 교의 잔당들이 내 머리에 심어놓은 명령은 단 하나였네. 바로 태양교의 신자들을 말살하라는 것이었지."

"아……."

카이는 그제야 라이넬이 그렇게 얻어맞으면서도 사제들만 노렸던 이유를 알 수 있었다.

"개인적인 바람으로는 자네가 칼 라샤의 의지를 이어줬으면 좋겠네."

띠링!

[히든 클래스, '칼 라샤의 이단심판관(영웅)'으로 전직할 수 있습니다.]
[칼 라샤는 변화를 관장하는 신입니다. 이미 이 땅에서 잊혀진 옛 신이지만, 당신이 사람들에게 전도를 하고 다니면 잊혀진 칼 라샤의 교단을 다시 한번 부흥……]

"안 할래요."

[당신의 굳건한 믿음에 태양신 헬릭이 고개를 끄덕입니다.]
[태양교의 공헌도가 5,000 증가합니다.]

일말의 고민도 없이 튀어나온 거절은 카이의 입장에서는 당연한 일이었다.

'신화 등급 직업을 준다고 해도 할까 말까인데, 영웅 등급 클래스를 내밀어?'

물론 이와 같은 상황을 예상하지 못한 라이넬이 당황한 표정을 지었다.

"어…… 자네가 몰라서 그러는 것 같은데……."

"안 합니다, 안 해요."

"하, 하지만 칼 라샤의 숭고한 뜻은 대륙에 이어져야……."

"저 믿는 신 있어요."

남친 있는 여자가 철벽을 치는 것처럼 단호하게 철벽을 세우는 카이의 모습에 어쩔 줄 몰라 하던 라이넬이 세상에서 가장 불쌍한 표정을 지으며 부탁했다.

"정말 안 되겠나? 내가 무릎이라도 꿇겠네."

"저도 무릎 꿇을까요? 저 진짜 안 할 거예요."

"……."

띠링!

**[히든 클래스, 칼 라샤의 이단심판관(영웅)으로의 전직을 거절하셨습니다.]**

카이는 입을 헤 벌린 채 넋이 나간 라이넬을 쳐다보더니 옅은 한숨을 내쉬었다.

"후우, 어쩔 수 없군요, 제가 칼 라샤의 사제가 되어드릴 순 없지만, 언젠가 마음에 들고 재능 있는 사제를 보면 칼 라샤의 이단심판관을 강력 추천하겠습니다."

"그, 그래 준다면 정말 고맙겠네! 그렇다면 자네에게 이걸 미리 전달해놔야겠군."

라이넬은 이것이 카이가 할 수 있는 최대한의 배려라는 것을 깨달았다. 직업 권유를 포기한 그는 카이에게 두 개의 반지를 내밀었다.

"이건……?"

"확인해 보게."

[타락한 성기사의 반지]

등급 : 유니크

공격력 15

주문력 15

방어력 150

마법 저항력 147

착용 제한 : 레벨 100, 사제 클래스.

내구도 47/100

설명 : 뮬딘 교의 신도들은 다른 교단의 신들이 지닌 힘을 이용할 방법을 여러모로 강구했습니다. 이 반지에는 그들이 변화를 관장하는 칼 라샤의 신도들을 실험체로 사용하며 얻은 힘의 일부가 담겨있습니다.

**[특수 효과]**

서임(휘하의 스켈레톤 나이트들을 듀라한으로 승격시킵니다.)

재사용 대기시간 하루.


"이, 이건!"

카이의 눈이 휘둥그레졌다.

'휘하의 스켈레톤 나이트를 모두 듀라한으로 승격시킨다고? 이건 아까 라이넬이 썼던 기술이잖아?'

스켈레톤 나이트가 순식간에 듀라한으로 변모했던 옛 같던 순간의 기억이 되살아났다.

'그걸 내가 사용할 수 있다는 건…… 아니, 잠깐만. 그런데 난 스켈레톤 나이트가 없잖아.'

카이의 미간이 찌푸려졌다.

놀 언데드 치프의 스태프를 이용하면 놀 언데드를 소환할 수는 있지만, 그건 스켈레톤 나이트가 아니었다.

'이런 스킬이 있을 거라고는 생각도 하지 못했어.'

돌려 말하면, 하급 언데드를 스켈레톤 나이트로 승격시키는 스킬이 있을 수도 있다는 뜻!

'호, 혹시?'

동시에 받은 다른 하나의 반지가 그런 효과를 지니고 있지는 않을까?

카이는 황급히 다른 반지도 마저 감정했다.


**[칼 라샤의 인도자]**

등급 : 레어

방어력 10

마법 저항력 10

착용 제한 : 레벨 100, 사제 클래스.

내구도 100/100

설명 : 반지를 착용 시 칼 라샤 교단의 의지를 이어받을 수 있는 곳으로 이동시켜줍니다.


"쩝."

대놓고 아쉬움을 토해낸 카이는 라이넬을 쳐다봤다.

"혹시…… 놀 언데드, 그러니까 하급 언데드를 스켈레톤 나이트로 변화시키는 방법을 아십니까?"

"흐음. 난해한 질문이로군. 미안하지만 나는 뮬딘 교에 의해 조종을 당하고 있던 상태였기에 그간 내가 사용했던 기술에 대한 이해도가 전혀 없다. 자네의 질문은 오히려 대륙의 네크로맨서들이 더욱 잘 알고 있겠군."

"그렇습니까……."

"이런."

대답을 마친 라이넬의 몸이 점점 더 흐려지기 시작했다.

"칼 라샤의 인도자 반지는 꼭 칼 라샤 교단을 번영시켜줄 형제에게 전해주게나. 다른 반지는 자네가 가져도 되네. 그럼 이만 헤어질 시간이로군."

"지옥…… 아니, 좋은 곳에서 칼 라샤 교단의 번영을 지켜보시지요."

"고맙네."

일말의 미련도 없는 상쾌한 미소를 지어 보인 라이넬은 담배 연기처럼 흔적도 없이 흩어졌다.


**[태양신 헬릭이 친우의 자식이었던 라이넬의 소원을 받아들인 당신에게 흐뭇한 미소를 지어 보입니다.]**
**[선행 스탯이 10 상승합니다.]**


"나, 원."

칼 라샤가 자신의 친구였던 걸까.

기분이 좋아 보이는 헬릭의 메시지를 본 카이가 작게 미소 짓고 있을 때였다.

"카이 님. 보상 문제 말씀입니다만……."

등 뒤에서 흑곰의 정중한 목소리가 들렸다.

# 35장
## 바다의 폭군

'보상? 아차!'

자신의 실수를 깨달은 카이가 낭패한 표정을 지었다.

'하도 솔플을 많이 해서 까먹고 있었다!'

이곳에 있는 건 자신만이 아니었다. 바로 흑곰을 비롯한 휘몰이 길드원들이 함께 있었다.

그 와중에 혼자 라이넬과 이런저런 대화를 나누었으니, 당연히 자신이 손에 넣은 반지에 대한 정보도 들었을 것이 틀림없었다.

"아, 보, 보상요……."

카이가 장난감을 뺏기기 싫어하는 아이처럼 울먹이며 몸을 돌리자 흑곰이 말을 이었다.

"예. 보상 문제로 많은 고민을 해봤는데……."

사람 불안하게 말끝을 흐리는 흑곰!

카이가 침을 꿀꺽 삼키며 어떤 결정이 내려질지 두려워하자, 그가 빙그레 미소를 지었다.

"아무래도 카이 님이 없었다면 던전을 무사히 공략하지 못했을 것 같다는 쪽으로 의견이 모이더군요. 때문에 던전 클리어 보상의 20%를 카이 님에게 지급하기로 결정했습니다."

"……예?"

30명이 넘게 참여한 공략대에서 사제 하나가 홀로 보상의 20%를 넘기겠다는 것은 휘몰이 길드에서 대놓고 카이와 친하게 지내고 싶다는 의사를 표명한 것이다.

다만 당사자인 카이는 20%의 지분보다는 다른 문제에 모든 신경이 쏠려 있었지만.

'뭐지? 왜 라이넬이 건넨 반지에 대해서는 언급을 안 해?'

멀뚱멀뚱 흑곰을 쳐다보고 있자, 그가 고개를 갸웃거렸다.

"혹시 뭐 잘못된 일이라도…… 혹시 분배 비율이 마음에 안 드십니까?"

"아, 아뇨! 20%면 당연히 감지덕지죠. 제 말은 그게 아니고…… 조금 전에 라이넬과 제가……."

"아아, 그거요? 물론 카이 님의 도주는 잘 봤습니다. 솔직히 지금 당장에라도 마법사나 전사 둘 중 하나로 새로 키우시라고 권유하고 싶지만…… 본인이 좋아하는 직업을 그만두라고 강요할 수는 없죠."

"······?"

하는 말을 보니 정말 라이넬과 자신의 대화를 듣지 못한 것 같았다.

'아니 어떻게 이럴 수가 있지? 거리가 떨어져 있어서 대화는 안 들렸다고는 해도, 분명 라이넬의 모습······?'

생각을 이어가던 카이의 눈이 번쩍 뜨였다.

'아! 설마 방금 그건 개인 이벤트?'

일정 조건을 충족시킨 사람에게만 보이는 개인 이벤트.

파티에 속해 있다고 해도 조건을 충족하지 못한 이에게는 보이지 않는 이벤트다.

'그러고 보니 난 사제고, 라이넬도 나에게만 감사의 인사를 표했으니 개인 이벤트 맞나 본데?'

그렇다면 흑곰이 저런 반응을 보이는 것도 납득이 되었다.

"우편함 주소를 말씀해 주시면 저희가 정산 끝나는 대로 바로 정산서와 함께 대금을 보내 드리겠습니다."

"아, 물론이죠."

우편함 주소를 건네줬는데도 불구하고 흑곰은 카이의 앞을 떠나지 않았다.

"저, 혹시 오해하실까 봐 드리는 말이지만, 저희 휘몰이 길드가 지닌 전력은 절대 이것이 전부가 아닙니다. 오늘 이 자리에서 길드 정에 멤버는 오직 저 하나뿐. 길드 아지트와 최전방에는 수많은 국내 랭커가 포함된 휘몰이 길드의⋯⋯."

뜬금없이 시작되는 길드 소개에 흑곰의 생각은 뻔히 보였지만, 카이는 자비로운 미소를 지으며 그 말을 끝까지 모두 들었다.

'레벨 올려줘, 유니크 반지 줘, 심지어 선행 스탯까지 올려줬는데 이거 말 몇 분 들어주는 건 일도 아니지!'

그의 말을 경청한 카이가 내놓은 답은 간단했다.

"오늘 같이 사냥을 해보니 휘몰이 길드가 정말 좋은 길드라는 걸 알 수 있었습니다. 제가 나중에 길드에 가입할 생각이 들면 꼭 연락 드릴게요."

물론 연락하는 일은 생기지 않을 것이다.

"고생했어."

"내가 뭘, 너야말로 날아다니더라?"

던전을 나온 공략대가 해체되자 발터가 휘파람을 불며 카이의 옆구리를 툭 쳤다.

"너 진짜 뭐하는 놈이야? 뭐 숨기는 거 있는 거 아니지?"

"숨기긴 뭘 숨겨, 내가."

"하긴, 이제 겨우 100레벨인데 뭘 숨기겠냐만⋯⋯ 아?"

깍지 낀 팔을 뒤통수에 대고 있던 발터는 갑자기 뭔가가 생각난 듯 입을 열었다.

"그러고 보니 언노운도 너랑 레벨 비슷하지 않냐?"

"푸흐흐흡!"

갈증을 채우기 위해 물을 마시던 카이가 이를 그대로 뿜어냈다.

정면에서 물세례를 받은 발터가 침착한 표정으로 얼굴에 묻은 수분을 지워냈다.

"내가 게임이라서 참는다, 게임이라서. 왜 오바야?"

"그, 그냥. 나 언노운 알아. 엄청 유명한 사람이지?"

"유명하지. 벌써 팬카페도 생겼던데?"

"……팬카페?"

정작 본인은 모르고 있었던 사실!

"진짜 언노운에 별 관심 없나 보네. 나중에 시간 나면 한 번 들어가 봐."

애초에 별생각 없이 꺼내든 관심사였는지, 발터는 또 화제를 돌렸다.

"아, 그나저나 라이넬 녀석 경험치 더럽게 안 주더라. 못해도 레벨 두 개는 오를 줄 알았는데."

"응? 제법 많이 주지 않았어?"

"무슨 소리야. 나 레벨 고작 하나밖에 안 올랐어. 물론 기여도가 조금 낮긴 했지만."

'이상하다? 그런데 난 왜 4레벨이나 올랐지?'

물론 라이넬과의 레벨 차이가 60이나 났다지만, 이건 솔플이 아닌 30인의 공략대였다.

당연히 경험치도 활약에 따라 분배받을 터!

'아무리 내가 어그로를 기가 막히게 끌었다고는 하지만, 딱히 막타를 친 것도 아니……?'

입을 꾹 다문 카이는 막타를 누가 쳤는지 떠올리기 위해 기억을 더듬었다.

'그때 분명 체력은 0%로 표기되어 있었지만…….'

조금 더 집중을 한 카이는 라이넬의 머리 위에 떠 있던 생명력창을 자세히 기억해냈다.

**남은 생명력 : 72**(0%)

"……."

카이의 입이 떡 벌어졌다.

손 치우라고 손가락으로 가볍게 툭 쳤던 행위, 설마 그것이 라이넬의 사인(死因)이었을 줄이야!

"친구야, 왜 말이 없냐?"

"아, 아니, 좀…… 너무 오래 도망만 쳐서 그런가, 기운이 좀 없네."

"하긴, 네가 오늘 엄청 뛰어다니긴 했지."

아르한의 폐허 끝자락에 도착한 발터가 고개를 까딱였다.

"오늘 버스 태워준다고 해놓고, 오히려 버스를 타버렸네. 미안하게 됐다."

"내가 무슨 버스를 태워. 오늘 재미있었고, 초대해 줘서 고마웠다."

"종종 연락하자. 그리고 저번에 말했지? 혹시 너 괴롭히는 놈 있으면……."

"세계 10대 길드 못 막아준다며?"

"야! 그건 천화도 못 막아줘!"

"하하하!"

시원하게 웃음을 터뜨린 카이는 몸을 돌린 채 손을 흔들었다.

"간다, 또 보자."

카이가 사라질 때까지 자리를 지킨 발터는 뒤늦게 인터넷창을 활성화시키며 몸을 돌렸다.

"언노운 형 영상 한 번 더 봐야징."

땅, 땅, 땅!

이제는 제집이라도 드나드는 것처럼, 자연스럽게 대장간의 뒷문으로 들어갔다.

열심히 작업 중이던 솔리드가 고개를 돌린 것도 그즈음이었다.

"음? 카이, 자네로군!"

망치를 내려놓은 솔리드는 폭포수처럼 흘러내리는 땀을 목에 걸친 수건으로 닦으며 다가왔다.

"완성된 지가 언제인데 이제야 오는가?"

"하하…… 아무래도 일찍 받아봐야 사용도 못 하고, 조바심만 날 것 같아서요."

"흐음, 어디 한번 보게나."

카이를 위아래로 살펴본 솔리드가 너털웃음을 터뜨렸다.

"껄껄껄! 거, 눈치 하나는 역시 귀신처럼 비상하구만! 딱 좋은 시기에 왔어."

자신의 방에 들어가 커다란 상자 하나를 들고 온 솔리드는 이를 책상 위에 힘차게 올려놨다.

쿠우웅!

떨어지는 소리부터가 묵직한 상자를 본 카이의 눈빛이 변했다.

'수박도 두드려 보면 알이 꽉 찼는지 비었는지 알 수 있는 법이지!'

크고 실한 소리가 나는 상자를 뚫어지게 쳐다보는 카이.

솔리드의 몸에서는 명장으로서의 자신감이 줄기줄기 뿜어져 나왔다.

"궁금해서 미칠 것 같지 않나? 내 부탁 하나만 들어주면……"

"저 그러다 진짜 죽어요."

"으하하! 장난일세. 바로 확인해 보게나."

허락이 떨어지자 카이는 곧장 상자로 달려갔다.

"아이템 감정!"

**[바다의 폭군 세트 상자]**

'세트 아이템이 떴구나!'

카이의 눈동자에선 기쁨이 맥주 거품마냥 넘쳐흘렀다.

그 모습을 확인한 솔리드도 빨리 소감을 듣고 싶은지, 턱을 까딱이며 재촉했다.

"그럼 바로 확인을……"

계정에 귀속되건 말건, 망설임 없이 상자를 오픈한 카이의 입에서 탄성이 흘러나왔다.

"와아……"

머리부터 신발까지 칠흑의 놀 세트와 똑같이 맞아떨어지는 부위의 세트 아이템이었다.

카이의 시선이 곧장 솔리드에게 향했다.

시선 끝에 서 있던 솔리드는 자신이 이런 사람이라는 듯, 어깨를 으쓱거렸다.

"크흐흠. 자네가 입고 있는 방어구를 한 번 훑어봤네. 대충 어느 부위로 이루어진 세트인지는 보는 순간 알아챘지. 그래서 똑같은 부위로 만들어봤네."

"솔리드!"

척!

척!

서로 엄지를 주고받으며 끓어오르는 뜨거운 우정!

카이는 조심스럽게 아이템을 들어 올렸다.

비취색의 비늘을 정교하게 깎아 만든, 비늘 갑옷보다는 조각 공예품에 가까워 보이는 장비는 화로의 불빛이 반사될 때마다 녹색에서 강렬한 붉은색으로 변모했다.

"아이템 감정."

**[폭군의 투구]**

등급 : 레어(세트)

방어력 507

마법 방어력 884

지능 +3

수중에서의 움직임 보정 +20%

착용 제한 : 레벨 100.

내구도 100/100


**[폭군의 어깨 방어구]**

등급 : 레어(세트)

방어력 475

마법 방어력 841

민첩 +3

수중에서의 움직임 보정 +30%

착용 제한 : 레벨 100.

내구도 100/100


**[폭군의 갑주]**

등급 : 레어(세트)

방어력 642

마법 방어력 1124

힘 +5

수중에서의 움직임 보정 +40%

착용 제한 : 레벨 100.

내구도 100/100

**[폭군의 하의]**

등급 : 레어(세트)

방어력 621

마법 방어력 942

힘 +5

수중에서의 움직임 보정 +30%

착용 제한 : 레벨 100.

내구도 100/100

**[폭군의 벨트]**

등급 : 레어(세트)

방어력 357

마법 방어력 570

체력 +3

수중에서의 움직임 보정 +20%

착용 제한 : 레벨 100.

내구도 100/100

**[폭군의 사바톤]**

등급 : 레어(세트)

방어력 529

마법 방어력 822

신성 +3

수중에서의 움직임 보정 +30%

착용 제한 : 레벨 100.

내구도 100/100


'역시 마법 방어력이 미친 듯이 높다.'

과연 마법 방어력이 높기로 소문난 나가 일족의 비늘!

그뿐만이 아니었다. 방어력과 마법 방어력만 달랑 붙어 있는 칠흑의 놀 세트와는 다르게, 부위마다 스탯 증가와 수중에서의 움직임 보정이 추가로 붙어 있었다.

'최고다! 과연 레어 값을 하는구나!'

이제는 세트 효과를 확인할 차례였다. 카이에게 설레는 감정은 있을지언정, 걱정이나 불안은 없었다.

'솔리드는 내가 아는 최고의 명장이야. 그가 이 재료를 가지고 최고의 제품을 못 만들었다면 어디의 누굴 찾아가도 똑같아.'

단단한 믿음!

그리고 그 믿음은 이번에도 카이를 배신하지 않았다.

**[세트 : 바다의 폭군]**

바다의 폭군 방어구 한 부위를 장착할 때마다 모든 공격력 1% 증가.

바다의 폭군 방어구 한 부위를 장착할 때마다 모든 속도 1% 증가.

바다의 폭군 방어구 한 부위를 장착할 때마다 마법 방어력 5% 증가.

바다의 폭군 세트 완성 시, 공격을 할 때 5% 확률로 폭군의 분노 스킬 활성화.

**[특수효과]**

폭군의 분노(10분 동안 무기에 수(水)속성을 부여하고, 화염 저항력 100% 상승.)


"됐다."

드디어 50레벨 착용 제한인 칠흑의 원한 세트를 졸업할 수 있다!

그 사실에 카이는 기쁨과 그리움 기타 등등이 섞인 복합적인 감정을 느꼈다.

'새로운 장비라…….'

카이는 그 자리에서 장비를 교체했다.

"오오오!"

이번에는 카이가 아닌 솔리드의 입에서 탄성이 흘러나왔다.

자신의 손에서 태어난 아이가 다른 이를 지킨다.

그 사실은 대장장이인 그의 가슴을 언제나 뜨겁게 적셨다.

"과연."

전신 거울을 소환한 카이는 제 모습을 둘러보며 흘러나오는 웃음을 참을 수 없었다.

'이제 커뮤니티에서 떠돌던 흑색의 기사니 뭐니 하는 낯간지러운 타이틀은 반납해야겠어.'

온통 칠흑으로 물들어 있던 과거의 카이, 언노운은 사라진지 오래였다. 거울 속에서 보이는 인물은 언노운보다 훨씬 강력해 보이는 전사 그 자체였다.

방어구의 크기 자체가 칠흑의 원한 세트보다 크고, 하카스의 비늘을 조각은 그 자체로도 멋이 있었기에 입혀만 놔도 멋지다는 말이 절로 흘러나오는 모습이었다.

'특히 이 투구가 마음에 들어.'

놀 언데드 치프의 뼈로 만들어서 그런지, 칠흑의 놀 투구는 왠지 모르게 해골을 연상시켰다.

하지만 폭군의 투구는 나가족들의 얼굴이 그런 것처럼, 날카로운 드래곤의 머리를 닮아 있었다.

'이거 입고 영상 찍으면 또 한 번 난리 나겠네.'

장비의 이름이 뭐냐고, 어디서 구하냐고, 자기한테 팔라고.

밀려들 수만 통의 쪽지를 예상한 카이는 벌써부터 기분이 좋아졌다.

"스탯창."

**[카이]**

[직업 : 태양의 사제]

[레벨 : 102]

[칭호 : 신의 대리자]

[생명력 : 29,500]

[신성력 : 35,900]

**[능력치]**

힘 : 415 / 체력 : 295

지능 : 236 / 민첩 : 210

신성 : 359 / 위엄 : 177

선행 : 116

마법 방어력 70% 증가

모든 공격력 6% 증가

모든 속도 6% 증가

독 저항력 +30

"후우……."

화려하다 못해 찬란한 스탯창!

'이것이 내 스탯들.'

어느 한쪽이 압도적으로 강한 것은 아니지만, 어느 상황과 순간에도 대처할 수 있는, 밸런스가 아주 잘 잡혀 있는 고스펙의 능력치들!

'마법 방어력은 기존의 40%와 폭군의 분노 30%를 합쳐서 70%가 되었어. 그리고 폭군의 세트 개별 부위가 지니고 있는 높은 마법 방어력까지 합치면…….'

이제 어디 가서 마법 몇 대 얻어맞는다고 아프다는 말이 쉽게 나오지 않으리라.

그뿐만이 아니었다.

'세 개의 보석 장신구 세트에 달린 수중 움직임 보정 15%를 합산하면…… 이제 물속에서도 예전보다 두 배가량 빠른 속도로 움직일 수 있잖아?'

누워서 헤엄치는 것이 아니라, 진짜 바다를 헤엄치면서 쉽게 사냥을 할 수 있다는 이야기다.

카이는 당당한 걸음걸이로 솔리드에게 다가갔다. 그의 등 뒤로 장미 문양이 새겨진 망토가 너풀거리며 멋들어지게 휘날렸다.

"솔리드 님, 항상 감사합니다."

"뭐, 내가 자식은 없지만. 자네 성장하는 걸 볼 때마다 뭔가 가슴에서 울컥울컥 올라온다네. 처음 여기 올 때만 해도 어디 변방의 촌놈 티를 벗어내지 못했는데 말이지."

콧잔등을 슥슥 닦으며 과거를 떠올린 솔리드가 카이의 어깨를 두드렸다.

"그럼 이제 떠나게! 모험가란 몬스터를 사냥하고 미지의 세상을 개척하는 존재! 내가 만든 장비를 입고 자네의 앞을 가로막는 몬스터들을 모조리 베어버리게나!"

"네! 하지만 그전에!"

카이가 칠흑의 원한 세트를 슬쩍 내밀었다.

"여기 엉덩이 부근에 꼬리 구멍 좀 뚫어주시면 안 될까요?"

"……."

솔리드의 얼굴이 똥 씹은 표정으로 변했다.

# 36장
## 두 번째 임무

교단에 들른 카이는 휘몰이 길드의 사제들이 충고해 줬던 스킬들을 모조리 배웠다.

'물론 태양의 사제가 지닌 스킬보다는 훨씬 못하겠지만······.'

문제는 지금 당장 태양의 사제 스킬들이 잠겨져 있는 상태라는 것이었다.

그 카테고리를 언락하기 전까지는 일반 사제의 스킬이라도 연마해야 했다.

이번처럼 언제 어디서 누군가와 파티를 하게 될지도 모르는 일이니 의심을 사지 않으려면 일반 사제들의 스킬도 알고 있는 편이 나아 보였다.

'모든 준비는 끝났어.'

이제 타르달의 두 번째 임무가 떨어지기만을 기다리면 된다.

하지만 그전에 카이는 접속을 종료하고 샤워를 마쳤다.

이른 아침부터 그가 게임도 하지 않고 이렇게 바삐 움직이는 이유는.

'드디어 오늘이 대망의 이삿날이구나.'

한정우는 캡슐을 제외하고는 텅 비어 있는 자신의 방을 쳐다봤다.

초등학교 2학년 때 이사를 온 뒤, 쭈욱 자라왔던 자신의 방. 깨끗하게 치워져 있는 방을 보니 왠지 모르게 공허한 것이……

"방이 깨끗해지니까 속이 다 시원하구나. 아, 시원해!"

"……."

배달부들이 캡슐을 분해해서 자신의 원룸으로 가져가는 동안, 김현정 여사는 한정우의 방이었던 공간을 흐뭇한 표정으로 쳐다봤다.

'그러고 보니 진짜 내 방이 이렇게 넓었나?'

책상과 컴퓨터, 옷장과 침대가 빠지자 말도 안 되게 넓어진 공간을 보며 분하지만, 한정우조차 그 모습이 조금은 시원하다고 느껴질 정도였다.

"엄마는 좋겠네요. 아들딸 쫓아내고, 넓은 방도 생겨서."

"아들, 말은 바로 해야지? 이 집은 엄마 명의로 되어 있으니 원래 내 방이었단다."

"……."

푹 움츠러든 한정우의 어깨를 누군가가 두드렸다.

고개를 돌려보니 근엄한 표정을 짓고 계신 아버지다.

"아들아, 우리는 널 믿는다. 널 믿기 때문에 저 험한 세상 속에 내보내는 거지. 어디 가더라도 사내놈이 어깨 움츠리지 말고, 허리 쫙 펴고 당당하게 살거라. 알겠느냐."

"아버지……."

오랜만에 느껴보는 진한 부정에 한정우는 고개를 살짝 끄덕이며 미소를 지었다. 아들에게 좋은 말을 남긴 아버지는 금세 제 아내에게 다가가 그녀의 허리에 팔을 둘렀다.

"여보, 그럼 저번에 얘기한 대로 이 방은 내 서재가 되는 거요."

"좋아요. 대신 지혜 방에 최신식 안마 의자 설치해 준다는 약속, 잊으신 거 아니죠?"

"이미 예약까지 다 끝났소. 다음 주면 배송 오겠지."

"좋네요. 호호호."

"……."

한정우가 목덜미를 잡고 몸을 부르르 떨었다.

자신이 집을 나가게 된 것이 저런 어두운 거래 때문이었다니!

지독한 배신감에 치를 떤 한정우의 어깨 위로, 작고 부드러운 손이 올라왔다.

"너무 실망하지는 마. 두 분이 저래도 어젯밤에는 밤잠 설치면서 걱정하셨어."

"그걸 내 앞에서 보여주란 말이야, 내 앞에서."

"부끄러우신 거지. 두 분 성격 알잖아?"

한정우는 자신의 등을 호탕하게 두드리는 그녀를 쳐다봤다.

수심이 가득해 보이는 우울한 표정.

'그래도 나 생각해 주는 건 누나밖에 없네.'

한정우가 희미한 미소를 지으며 그녀를 달랬다.

"누나, 난 괜찮아. 애도 아니고 22살인데 설마 혼자 못 살겠어?"

"그거야 걱정 안 하는데…… 너만 나가면 되지 왜 굳이 나까지……."

"……."

절대 5초 이상의 감동을 주지 않는 가족들이다.

"그리고 이제 나 혼자 살면 맥주 심부름은 누구한테 시켜야 해?"

"……."

네가 하세요, 네가!

짜게 식은 눈으로 누나를 쳐다보던 한정우는 재빨리 신발을 신었다.

'떠나자, 이놈의 집구석!'

한정우는 불만 가득한 표정으로 고개를 꾸벅 숙였다.

"그럼 저 가요."

"멀리 가진 않으마."

아버지가 어서 가라는 듯 손을 휘휘 저었다.

그 모습에 아들이 살짝 안쓰러워 보였는지, 어머니가 다가와 살짝 안아 주었다.

"원룸 냉장고에 반찬 채워놨어. 서랍에 보면 김이랑 캔 음식도 있고, 라면도 종류별로 있어."

"에이, 내가 무슨 초등학생도 아니고…… 알아서 할 수 있어요."

"아들이 혼자서 잘하는 아이였으면 집에서 쫓겨나는 일도 없었겠지."

"쫓겨나는 게 아니라, 독립이라는 고급스러운 단어가 있는데……"

"그런 단어가 있는 건 엄마도 알지. 근데 아들은 쫓겨나는 거잖아?"

"……"

더 이상 대화를 이어가도 건질 것이 없다고 판단한 한정우는 다시 한번 고개를 숙였다.

"그럼 이제 진짜 가볼게요."

"반찬 떨어지면 전화하고!"

멀리 나오지는 않는다고 했지만, 가족들은 굳이 1층까지 내려왔다. 괜찮다고 해도, 결국 도로까지 나와 한정우가 차에 타는 것을 확인했다.

"아니, 여기 뭐 공항이야? 나 유학 가는 거 아니잖아?"

"부모의 눈에 자식은 언제나 아이처럼 보이기 때문이다."

아버지의 명언을 뒤로한 한정우는 쑥스러움을 느끼며 괜스레 투덜거렸다.

"아! 들어가요. 날 추워요."

창문을 올리자 기사 아저씨가 천천히 차를 몰았고, 가족들은 차가 코너를 돌 때까지 자리를 떠나지 않았다.

'기대하세요.'

사고뭉치에 백수 취급을 받던 아들, 집안의 자랑거리가 돼서 돌아갈 테니까.

"흠. 대충 정리는 끝났나."

이사 자체는 그리 힘들지 않았다. 어차피 이삿짐센터의 직원들이 하나부터 열까지 다 해줬으니까.

정우가 신경을 쓴 건 개인적인 물건들의 배치 정도가 전부였다.

이사를 마쳤음에도 해는 중천에 떠 있었다. 이사를 마치고

숨을 돌린 한정우는 식탁으로 다가갔다.

"그러고 보니 떡도 돌려야 하네."

적당히 후드를 걸친 한정우는 에코백 한가득 떡을 채운 뒤 오피스텔 1층부터 인사를 돌렸다.

그리고 그가 마지막으로 도착한 곳은 맨 위층인 7층.

'……뭐야, 여긴?'

7층의 계단을 올라가는 순간, 한정우의 눈이 좌우를 훑었다.

'경호원?'

오피스텔의 문을 가로막고 있는 두 명의 경호원을 보고서야 부동산 중개업자의 당부가 떠올랐다.

'아, 참고로 맨 위층에는 함부로 올라가지 마세요. 거긴 벽을 허물어서 집 세 개를 하나로 만들었거든요. 거긴, 개인 사유지다. 이렇게 생각하시면 편할 거예요.'

그 사실을 떠올린 한정우가 발걸음을 돌리려 할 때, 그의 어깨 위로 손이 올라왔다.

"실례지만 무슨 용무이십니까?"

한정우는 정중하지만 단단한 목소리로 그를 압박하는 경호원에게 몸을 돌리며 어색한 미소를 지었다.

"하하…… 이 밑에 4층에 새로 이사 온 사람입니다. 떡을 돌리는 중인데, 7층만 못 돌려서요."

에코 백에 들어 있는 마지막 남은 세 개의 떡을 내밀자, 경호원이 고개를 끄덕였다.

"그렇군요. 떡과 이야기는 잘 전해두겠습니다."

"예, 그럼 저는 이만."

이야기를 끝낸 정우가 계단을 내려가려 할 때, 굳게 닫혀 있던 오피스텔의 문이 열렸다.

쌀쌀한 날씨 때문인지 하얀색 치마 정장 위로 붉은색 밍크 숄더를 두르고 있는 여자가 모습을 드러냈다.

'여기…… 연예인 산다는 말은 못 들었는데?'

선글라스를 끼고 있었지만 8등신의 완벽한 몸매에 주먹 하나 크기의 조막만 한 얼굴, 갸름한 턱선과 오뚝한 콧날은 '미녀'라는 단어를 사전에서 꺼내 조각해놓은 것 같았다.

그녀는 경호원과 한정우에게 시선을 던졌다.

"무슨 일이죠?"

"아, 4층에 새로 이사 온 남자입니다. 떡을 돌리러 왔다고 합니다."

"……떡은 냉장고 넣어둬요. 그리고 그쪽 4층 입주자분."

"예?"

또각또각.

계단을 몇 개 내려온 여자는 하이힐 때문인지 키가 굉장히 커 보였다. 나름 181㎝나 되는 카이의 턱에 살짝 못 미치는 수준이었다.

그녀는 선글라스를 슬쩍 내리며 카이의 얼굴을 뚫어져라 쳐다봤다.

그러기를 잠시, 고개를 갸웃거린 그녀가 입을 열었다.

"혹시 어디서 저랑 만난 적 있나요?"

"……없을 겁니다만?"

한정우는 지난 2년간 집 밖으로도 잘 나오지 않던 히키코모리. 연예인 뺨치는 이런 여자를 만나기는커녕, 평범한 이성조차 만난 적이 없다.

게다가 이렇게 임팩트가 강한 여성이라면 기억이 안 나려야 안 날 수가 없었다.

"……내 눈이 틀릴 리가 없는데."

혼자서 뭔가를 조그맣게 중얼거린 여인은 선글라스를 고쳐 쓰며 고개를 끄덕였다.

"그럼 실례했어요. 반가웠고 떡은 맛있게 먹을게요."

"예. 그럼 저는 진짜 이만……."

고개를 숙이며 아래층으로 내려가는 한정우를 가만히 쳐다보던 여인의 곁으로 경호원이 다가와 물었다.

"마스터, 뒤를 캐볼까요?"

"됐어. 안 그래도 바쁜데."

"알겠습니다. 그럼 바로 이동하시죠. 회장님과의 약속에 시간을 맞추시려면 지금 바로……"

"……"

여인의 고개가 잔소리를 쏟아붓는 경호원에게 돌아갔다.

선글라스를 쓰고 있음에도 느껴지는 차갑고 오싹한 시선에 경호원은 바로 사과를 입에 담았다.

"죄, 죄송합니다."

황급히 고개를 숙인 경호원은 엘리베이터의 버튼을 누르면서도 식은땀을 흘렸다.

천화 그룹 회장의 귀염둥이 손녀딸 눈 밖에 나는 즉시, 그는 회사에서 잘릴 테니까.

"자, 어때?"

"뀨로로오!"

도시 근처의 인적이 드문 장소에서 블리자드를 소환한 카이는 녀석에게 방어구를 입혀줬다.

방어구가 무척이나 마음에 드는 듯 소환해준 전신 거울에 제 모습을 계속 돌려보며 방방 뛰었다.

입혀준 장비는 꼬리 부분을 뚫은 칠흑의 원한 세트였다.

'후후, 솔리드가 내 생각보다 훨씬 잘 개량해 줬어.'

현재 칠흑의 원한 세트의 꼬리 부분은 뻥 뚫려 있었다.

하지만 블리자드의 꼬리를 자르게 되면 뚫린 구멍 부분이 검은 천으로 덮이게 된다.

그 말이 의미하는 바는 간단했다.

'여차하면 이 녀석 꼬리를 자르고 내 대타로 삼을 수도 있다는 소리지.'

부르르르.

알 수 없는 한기에 몸이 떨린 블리자드가 카이에게 다가왔다.

"춥지? 자, 이거 마셔."

녀석에게 따뜻한 코코아를 건네는 순간, 메시지창이 떠올랐다.


**[어둠 추적자의 증명패가 빛을 뿜어냅니다.]**


동시에 카이의 눈이 번쩍 뜨였다.

'임무 떴다!'

타르달.

기다리고 기다리던 그의 호출 신호가 떨어진 것이다.

순식간에 그의 저택으로 이동한 카이는 이전에 봤던 그때 그대로의 타르달을 마주했다.

"……그사이에 또 강해졌나."

"제 고향의 옛말 중에 사별삼일(士別三日) 괄목상대(刮目相對)라는 말이 있습니다. 헤어진 지 사흘 만에 다시 만났다면 눈을 씻고 상대를 자세히 봐야 한다는 소리이지요. 헤어진 사흘 동안 필히 성장했을 테니까요."

"자네 고향 사람들은 모두 자네처럼 괴물인가?"

"하하, 그럴 리가요. 제가 조금 유별난 편이죠."

가벼운 대화가 끝나자 타르달이 서류를 건넸다.

"두 번째 임무다."

"기다리고 있었습니다."

눈을 빛낸 카이는 곧장 서류를 들고 이를 읽어내렸다.

내용을 읽어나가던 카이의 표정이 점점 애매해졌다.

"……이게 뭡니까?"

서류에 기재된 내용은 뮬딘 교의 추적과는 털끝만큼도 연관이 없었다.

'분명 다음 임무에는 나에게 걸맞은 임무를 준다고 하지 않았었나?'

타르달이 한 입으로 두말할 위인으로 보이지는 않는다.

'그런데 서류의 내용만 보면 이건 그냥 자원봉사잖아.'

전염병이 들이닥친 마을에 사제가 필요하니 지원을 가라는 퀘스트였다.

하지만 카이의 불만과 의문점은 타르달의 다음 말에 의해 깨끗이 씻겨 나갔다.

"뮬딘 교가 만들어낸 지독한 키메라 중 하나인 푸른 역병의 아오사가 나타났네. 녀석을 처치하게."

"푸른 역병의 아오사? 그게 뭡니까?"

"뮬딘 교가 만들어낸 악몽 중 하나라네."

책상 위에 올려져 있던 책을 펼친 타르달이 돋보기안경을 고쳐 썼다.

"일반인은 아오사가 근처를 지나가기만 해도 중독된다. 중독 증상은 온몸에 푸른색의 반점이 돋아나는 것으로, 반점이 몸의 절반을 덮으면 칠 일을 넘기지 못하고 사망한다…… 역사는 이렇게 말하고 있네."

"……가까이 가는 것만으로도 죽는다고요?"

"물론 일반인 기준일세. 모험가는 보통 그보다 오래 버틸 수 있겠지. 그리고 자네는 사제가 아닌가?"

책을 덮은 타르달이 카이의 눈을 응시했다.

"이제야 하는 말이지만 사제의 몸으로 어둠 추적자의 일원이 된 건 자네가 최초일세."

처음 듣는 이야기였지만 카이는 크게 놀라지 않았다.

'시험 난이도를 생각하면 당연하지. 솔플을 통해서만 비늘을 구해와야 하는데, 사제가 가능할 리가.'

전투 사제라 하더라도 절대 쉽지 않은 입단 시험!

카이의 호수처럼 고요한 표정을 바라보던 타르달이 말이 이어졌다.

"화이트홀 영지의 진료소로 찾아가게. 만약 주민들이 중독된다면 진료소보다 그 사실을 빠르게 알 수 있는 곳은 없으니 말이지."

"아오사가 그곳에 나타나는 건 확실한 정보입니까?"

"푸른 역병은 신출귀몰한 것이 특징. 어두운 밤이 되면 그림자에 녹아들어 이동하기에 옆을 지나가도 모르는 일마저 생긴다네. 하지만……."

촤아아악.

타르달이 책상 위에 거대한 지도를 펼쳤다.

카이도 숱하게 보아왔던 대륙 전도.

'그런데 이건 뭐지?'

하지만 타르달의 지도에는 특정 지역에 빨간색 × 표시가 수십 개나 그려져 있었다.

하비에르 왕국에서 처음 시작된 표식은 마치 기차놀이를 하듯, 꼬리에 꼬리를 물고 라시온 왕국의 국경까지 이어졌다.

"설마 이 붉은색 × 표시는……?"

"아오사가 이동한 경로일세. 정확히 두 달 만에 하비에르 왕국의 남동쪽을 쑥대밭으로 만들고 라시온 왕국의 국경을 넘었지."

그야말로 터무니없는 속도였다. 하지만 지도를 보던 카이는 가만히 고개를 끄덕였다.

"확실히 이동 경로는 단순하네요."

하비에르의 라단 마을에서 창궐한 푸른 역병은 일직선으로 이동하고 있었다.

"경로를 보면 알겠지만 놈은 반드시 화이트홀을 지나칠 것일세. 그러니 그곳에서 기다리게."

"알겠습니다. 혹시 아오사의 약점은 따로 없습니까?"

"약점이라……"

자신이 읽었던 책의 내용을 고민하는 듯, 타르달의 눈이 감겼다.

"신성력에 취약하고…… 그리고 몸속에 아오사의 힘이 담긴 핵이 존재한다는 것, 정도뿐이군."

"충분합니다."

만족스러운 대답을 얻어낸 카이는 곧장 저택을 떠났다.

보글보글.

화이트홀에 위치한 한 진료소의 커다란 항아리에 담긴 거무튀튀한 액체는 연신 기포를 터뜨리며 끓고 있었다.

휘익휘익.

고작 13살쯤 되었을까?

제 종아리 높이까지 올라오는 발판에 올라선 채, 거대한 국자로 항아리의 내용물을 젓고 있던 소녀는 긴장한 표정으로 조그마한 수첩의 내용을 확인하고, 또 확인했다.

"이, 이제 큰 귀 박쥐의 날개 두 개랑 민트아시오의 잎을 세 장만 더 넣으면……."

퐁, 퐁!

수첩의 내용대로 약재를 집어넣은 소녀는 30분이 지나자 국자를 조심스레 입가로 가져갔다.

'제발…… 제발!'

호오, 호오. 후루룩!

뜨거운 액체를 잘 불어서 식힌 뒤, 눈을 꼬옥 감고 이를 단숨에 마셔버린 소녀는 이내 그녀의 눈이 번쩍 떴다.

"구웨에엑!"

한참이나 장을 깨끗하게 비워낸 소녀는 이내 허망한 표정을 지었다.

"이번 레시피도 글렀구나……."

고사리 같은 손으로 펜을 놀려 수첩에 × 표시를 한 그녀의 몸이 축 늘어졌다. 일어설 힘조차 없는지 저절로 풀려 버린 다리가 그녀의 심정을 대변하는 듯했다.

"아으……"

이번 실험이 남긴 것은 실패와 1골드의 적자뿐. 불과 2시간 전까지만 해도 설레던 마음은 어느새 식어버리고, 현실만이 눈에 들어왔다.

'이번 달 실험도 허탕이었으니까…… 당분간은 또 뒷산의 풀을 끓여서 죽을 만들어서 먹고, 장작도 함부로 피우면 안 되겠어.'

현재의 재정 상태라면 다음 실험은 최소 두 달 뒤에나 시도해 볼 수 있을 것 같았다. 점점 더 안 좋아지는 가계 사정에 그녀의 얼굴 위로 그림자가 드리워졌다.

"어떻게든 레시피를 성공시켜서 돈을 많이 벌어야 해. 그래야……"

그녀가 새로운 각오를 다지려는 순간, 누군가 진료소의 문을 두드렸다.

쿵, 쿵, 쿵!

"누, 누가……?"

엉거주춤 일어나는 그녀의 눈은 두려움으로 물들어 있었다.

'설마 또 그 나쁜 사람들이?'

두 손으로 입을 꾹 막은 채 숨 쉬는 소리조차 흘러나가지 않게 막은 소녀와 문을 두드리는 사람, 둘의 미묘한 대치가 20초 정도 이어졌을까?

누군가 문밖에서 곤란하다는 목소리로 중얼거렸다.

"분명히 간판에는 진료소라고 쓰여 있는데……."

쫑긋.

아주 작은 음성이었지만 소녀는 이 음성을 놓치지 않았다.

그녀는 곧장 챙 모자를 깊이 눌러쓰고, 굳게 닫혔던 문을 활짝 열면서 소리쳤다.

"아니에요! 진료소 맞아요. 들어오세요!"

"음?"

막 몸을 돌려 다른 곳으로 향하려던 모험가가 행동을 멈추었다. 하얀색의 정갈한 사제복을 입은 20대의 남자였다.

"다행이다. 안에 사람이 있었구나. 그런데……."

한쪽 무릎을 굽혀 눈높이를 맞춘 남자는 문고리를 잡고 있는 소녀의 뒤쪽을 살피며 물었다.

"다른 분들은 안 계시니? 진료소의 소장님이라거나……."

"저, 저밖에 없어요."

조그마한 목소리로 우물쭈물 대답하는 소녀를 바라보던 모험가 사제, 카이는 주변을 살폈다.

'화이트홀 영지에는 진료소가 두 개 있다고 했는데…….'

아무리 봐도 이쪽 진료소의 상태는 영 부실해 보였다. 해가 중천에 떠오른 시간인데도 진료를 받으러 온 주민을 찾아볼 수 없었다.

게다가 소장이 이 시간에 출근조차 하지 않은 진료소라니.

카이의 눈매가 살짝 찌푸려졌다.

'여긴 안 되겠어.'

타르달이 자신에게 이곳에서 주민들을 돌보라고 시킨 이유는 간단했다.

바로 아오사에게 중독당한 주민을 가장 먼저 발견할 수 있기 때문이다. 진료를 받으러 오는 주민들이 없으면 중독 사실을 알아차릴 수도 없었다.

마음을 굳힌 카이가 미안한 표정을 지었다.

"미안하구나. 아무래도 내가 잘못 찾아온……."

카이가 사과를 하려던 찰나, 뒤에서 드리워진 그림자가 그의 몸을 뒤덮었다.

"죄송하지만, 혹시 이곳의 손님이십니까?"

고개를 돌린 카이가 자신에게 질문을 던진 이들을 살폈다.

'남자 셋. NPC인가?'

영지 소속의 엠블럼을 가슴에 달아놓은 이들은 십중팔구 NPC일 가능성이 높았다.

자신에게 말을 건 염소수염의 사내 양옆으로는 엄청난 근육질을 자랑하는 남자 둘이 병풍처럼 자리하고 있었다.

카이가 고개를 끄덕였다.

"진료소를 찾고 있긴 합니다만."

"하하, 그렇다면 저와 함께 가시는 게 어떻습니까? 저희 진료소는 화이트홀의 최대 크기를 자랑하고 있고, 최신식 약재와 함께 수도에서 자격증을 따낸 우수한 선생님들이 진료를 도와드리고 있습니다. 게다가 가장 중요한 건……."

두 손을 장사치처럼 비비적거리던 염소 수염의 눈이 초승달처럼 휘었다.

"저희는 화이트홀 영주님에게 공식적으로 인정받은, 영지의 유일한 진료소랍니다."

"예? 그렇다면 이곳은……."

"유사 진료소죠. 한마디로 불법입니다."

염소수염의 말에 카이는 슬쩍 고개를 돌려 소녀를 쳐다봤다. 자그마한 입술을 앙다물고 있는 소녀는 아무런 말도 하지 않았다.

'그의 말이 사실일까?'

사실 카이가 이런 고민을 할 이유는 전혀 없었다. 염소수염의 말처럼 이곳이 불법 진료소이든 아니든 그를 따라가기만 하면 되었다.

태양교의 사제가 진료를 무료로 도와주겠다고 하면 이를 마다할 진료소는 없기 때문이다.

'당연히 더 큰 진료소로 찾아가는 편이 아오사의 출현을 알아차리기도 쉽겠지.'

하지만 저 소녀를 두고 떠나려니 마음 한구석이 찜찜했다.

마치 헬릭의 시험을 치를 때, 에이미를 혼자 내버려 두고 갈 수 없던 기분과도 비슷했다. 그리고 그 사실을 깨닫는 순간, 카이가 제 머리를 벅벅 긁었다.

"아으으."

만약 자신이 이해타산적인 사람이라면 얼마나 편한 인생을 살 수 있을까!

그 사실을 누구보다 잘 알고 있는 카이가 한숨을 내쉬었다.

"후우. 죄송한데 진료소는 나중에 방문할게요. 전 이쪽 소녀에게 볼일이 있습니다."

염소 사내의 눈이 카이의 복장을 훑었다.

"제 눈이 틀리지 않았다면 태양교의 사제분이신 것 같습니다만."

"맞습니다."

"그런 분이 이 불법 진료소에는 무슨 용무이시죠?"

"제 개인적인 용무까지 말씀드릴 이유는 없을 텐데요."

"그건…… 그렇군요."

대화 내내 미소를 잃지 않던 염소 사내가 꾸벅 고개를 숙였다.

"그럼 거룩하고도 자비로우신 태양신 헬릭을 섬기는 수행자시여, 모쪼록 빠른 시일 내에 저희 진료소에서 뵙기를 고대하겠습니다."

"별말씀을."

"그럼 저는 이만 가보겠습니다."

카이는 자리를 떠나는 염소수염의 등을 향해 말했다.

"그런데 그쪽이야말로 여긴 어쩐 일로 찾아오신 겁니까?"

"……."

자리에 멈춰선 염소수염은 천천히 몸을 돌리더니, 활짝 웃었다.

"하하, 아무리 태양교의 사제분이시라고 해도 제 개인적인 용무까지는 말씀드릴 이유가 없는 것 같습니다."

이내 고개를 숙인 그가 완전히 시야에서 사라지자, 뒤에서 풀썩거리는 소리가 들렸다.

"음?"

고개를 돌린 카이의 시야에 바닥에 주저앉아 있는 소녀가 보였다.

"괜찮니? 무슨 일……."

꼬르르륵!

소녀의 뱃가죽이 내는 우렁찬 소리!

"아, 아니에요. 이건……."

귀까지 붉게 물들인 소녀는 부끄러운지 챙 모자를 더욱 깊이 눌러썼다. 가만히 그 모습을 보던 카이가 조심스럽게 물었다.

"그…… 혹시 점심 안 먹었으면 같이 밥 좀 먹어줄래? 혼자 먹기가 심심해서 그런데."

"네, 네에? 저, 정말요?"

반짝이는 눈동자를 선보인 소녀는 자리에서 벌떡 일어나면서 소리쳤다.

"감사히 먹을게요! 그전에 잠시만요!"

소녀는 후다닥 진료소로 들어갔다.

아무리 기다려도 그녀가 나오질 않자, 카이는 천천히 진료소 내부로 들어갔다.

"음…… 무슨 냄새가……."

진료소로 들어서자 강렬한 약재들의 냄새가 코를 찔렀다.

인내심을 발휘한 카이는 관심사를 카운터에 놓인 탁상용 액자를 향해 돌렸다.

'가족사진인가?'

액자에는 제법 뛰어난 화가가 그렸는지 사진처럼 정교한 그림이 들어 있었다.

지금 소녀가 쓰고 있는 챙 모자를 쓴 아름다운 여인과 그녀의 품에 안긴 채 환하게 웃는 소녀. 그리고 마찬가지로 웃음을 지은 채 뒤에서 그들을 껴안고 있는 덩치 큰 남자.

진료소 앞에서 그렸는지 배경으로는 작지만 깔끔한 진료소의 외관이 그려져 있었다.

"허억, 허억. 죄송해요. 냄새 때문에 머리 아프셨죠? 평소에는 창문을 열 수가 없어서……."

황급히 내부 청소를 했는지, 소녀는 순식간에 먼지를 뒤집어쓴 채 나타났다.

카이는 허공을 떠다니는 먼지를 손으로 날려 보내며 물었다.

"평소에는 창문을 못 열다니, 대체 왜?"

"네? 그야……."

카이를 이상하다는 표정으로 쳐다보던 소녀가 조심스럽게 물었다.

"……정말 아무것도 모르시는 거예요?"

"오늘이 이 동네 처음 방문한 날이야."

카이의 말에 소녀는 잠시 고민을 하더니 눈을 질끈 감으며 사과했다.

"여, 역시 이건 아닌 것 같아요. 아무것도 모르고 여길 오신 거라면 지금 당장 나가시는 게 좋아요."

"왜지?"

"그야…… 여기 오래 계시면 좋은 꼴을 못 보실 테니까요."

"그러니까 그 이유를 말해 봐. 판단은 내가 할 테니."

카이의 질문에 머뭇거리던 소녀는 제 머리를 덮고 있던 챙모자를 천천히 벗었다.

그러자 그 안에 감춰져 있던 풍성한 은발이 흘러내렸고, 그 사이로 뾰족한 귀가 엿보였다.

무언가를 체념한 듯, 나이에 걸맞지 않은 쓸쓸한 얼굴을 지어 보인 소녀가 말을 이었다.

"왜냐하면…… 이곳이 저주받은 마녀의 진료소이기 때문이에요."

# 37장
## 저주받은 마녀의
## 진료소

일반인보다 길고 뾰족한 그녀의 귀를 본 카이는 저도 모르게 중얼거렸다.

"엘프……?"

"아, 아니요. 저는 하프엘프예요. 어머니는 엘프지만 아버지가 인간이셨거든요. 숲에서 처음 만난 두 분은 약초를 좋아하는 서로에게 이끌려 금세 사랑에 빠지셨고, 저를 낳으셨다고 들었어요."

"……."

카이는 그만, 할 말을 잃어버렸다.

이 얼마나 높은 자유도를 구현해놓은 게임이란 말인가.

NPC들이 종족을 초월한 사랑을 나누고 자식까지 낳다니!

신선한 의미로 충격을 받은 카이가 되물었다.

"그럼 아까 말한 저주받은 마녀라는 건?"

"사람들이 우리 엄마를 저주받은 마녀라고 불러요."

"음, 아무래도 이야기가 길어질 것 같은데, 일단 밥부터 먹을까?"

인벤토리에 보관 중이던 음식들을 종류별로 꺼내놓자, 소녀의 입에 침이 고였다.

"저, 정말 괜찮으세요? 저는 마녀의……."

"마녀의 자식이든 마왕의 자식이든, 사람은 밥 시간이 되면 일단 뭐라도 먹어야 해."

카이의 입이 기분 좋은 호선을 그려냈다.

얼마나 배가 고팠는지 소녀는 성인 남성 두 명이 먹을 양을 혼자서 먹어치웠다.

인벤토리에 음식을 넉넉하게 넣어두는 카이가 아니었다면 곤란했을 정도였다.

"흐아아."

카이는 간만에 음식다운 음식을 먹고 행복해하는 소녀를 관찰했다.

'혼혈이라서 그런가? 귀엽게 생겼네. 나도 나중에 이런 딸 낳

았으면 좋겠다 싶을 정도야.'

크고 동그란 눈과 어린아이의 콧대라고는 믿기지 않을 만큼 높게 솟아오른 코. 그리고 앙증맞게 도톰한 입술과 엘프 고유의 특성을 따라 완벽한 신체 밸런스까지. 지금 당장이라도 아동복 매장으로 달려가 저 꼬질꼬질한 옷 대신 신상품들을 입혀주고 싶은 기분이었다.

만약 그녀를 지구의 초등학교에 입학시킬 수 있다면, 그 날은 학교의 퀸카가 바뀌는 날일 것이다.

"흐흠."

뒤늦게 정신을 차린 카이는 입을 열었다.

"자, 그럼 이제 이야기를 시작해 볼까?"

"네, 네……."

조그만 목소리로 대답한 소녀는 아직까지 카이를 어려워하는 듯했다.

'아직도 내가 어렵단 말이지? 그렇다면…….'

다년간의 고아원 봉사활동 덕분에 아이를 다루는 기술까지 빠삭한 카이는 사람좋은 미소와 함께 선량한 표정으로 잔잔하게 말했다.

"그러고 보니 아직까지 서로의 이름도 모르네. 내 이름은 카이야. 태양교의 사제지."

"저는 아, 아야나예요."

"아아야나?"

"아니요! 아야나요. 그냥 아야나예요!"

"이름이 아야나구나? 그러고 보니 나도 속이 좀 '아야' 한 것 같은데? 하하하!"

"……."

태어나서 처음으로 아재 개그를 접한 아야나의 동공이 지진이라도 난 것처럼 크게 흔들렸다.

그녀의 가녀린 팔뚝 위로 돋은 닭살은 눈에 선명하게 보일 정도로 하얗게 질린 그녀의 얼굴을 바라보던 카이가 고개를 갸웃거렸다.

"음…… 재미없어?"

"있을 리가 없잖아요!"

삐액!

아야나가 저도 모르게 목소리를 높였다.

'날 어려워하던 기색이 옅어졌어.'

아재 개그를 구사한다는 불명예를 떠안은 건 치욕적이었지만, 덕분에 분위기가 많이 풀렸다.

혼자서 뿌듯한 표정을 짓고 있는 카이를 향해 아야나가 조심스럽게 입을 열었다.

"저…… 뭐 좀 여쭤봐도 돼요?"

"얼마든지."

"아, 아빠가 그러셨어요. 태양신님에게 간절히 기도를 올리면 소원을 들어주신다고…… 그게 사실일까요?"

"에이, 그게 사실이면 이 세상 사람들 죄다, 방에 처박혀서 기도만 올리고 있겠지."

"거, 거짓말이었어요?"

아빠가 자신에게 거짓말을 했다는 충격적인 사실에 아야나가 몸을 한 차례 휘청거렸다.

얼마나 충격을 받았는지 엘프 특유의 기다란 귀마저 시무룩하게 접혀 버렸다.

"왜? 빌고 싶은 소원이라도 있어?"

"네? 아, 그게…… 네에."

"그럼 그 소원이 뭔지 나한테 말해줄래? 내가 듣고서 나쁜 소원이 아니라면 헬릭 님에게 직접 전해줄게."

"태, 태양신님이랑 친하세요?"

"당연하지. 그 양반은 내가 뭔 일만 하면 허허거리면서 좋아하거든."

"그, 그러시구나! 그럼……."

눈을 질끈 감은 아야나가 두 손을 꼬옥 모았다.

"헬릭 님, 엄마랑 아빠가 무사히 돌아올 수 있게 도와주세요."

연령에 걸맞지 않은 소원에 카이의 눈빛이 달라졌다.

'역시 뭔가가 있구나.'

혼자 진료소를 지키는 하프엘프 소녀. 점심시간이 지나가는데도 모습을 보이지 않는 그녀의 부모님.

카이는 아이를 달래는 특유의 부드러운 목소리로 물었다.

"조금 더 자세하게 말해줄래?"

"그러니까……."

아야나가 천천히 이야기를 시작했다.

13살짜리 소녀의 입에서 흘러나온 이야기였기에 횡설수설하는 감도 없잖아 있었다. 하지만 카이는 그녀의 말을 끊지 않고 천천히 모두 들어주었다.

"흐음."

그녀의 이야기가 끝나자 카이는 자신의 목젖 부근을 문질렀다. 그러자 뇌를 거치지도 않고 곧장 결론이 나왔다.

'듣는 것만으로 목이 턱턱 막히는 이 이야기는…… 고구마로구나!'

카이는 아야나가 해준 이야기를 머릿속으로 빠르게 정리하기 시작했다.

'우선 아야나의 어머니는 엘프의 지식을 이용해 비약을 만들었어.'

당연히 비약의 효과는 인간들의 것과는 비교도 안 될 정도로 발군이었다. 덕분에 화이트홀은 금세 최상급 비약을 다루는 영지로 취급되었고, 이곳 스마일 진료소의 이름도 널리 퍼졌다.

'그녀의 존재 하나만으로 화이트홀의 약재 산업은 몇 배나 성장한 거나 다름없지.'

홀로 일궈냈다고는 믿기 힘든 엄청난 업적이었다.

하지만 모든 일이 그렇듯, 시장이 커지면 파리가 꼬이게 마련이다.

'다만 이 파리의 경우에는 덩치가 너무 컸다.'

바로 화이트홀 영주의 동생이 약재 산업에 눈독을 들인 것이었다.

그는 비약을 판매해 막대한 매출을 일궈내는 스마일 진료소를 보며 한 가지 사업을 구상했다.

'그가 스마일 진료소에 제시한 조건은 내가 듣기에도 대단해.'

하지만 그는 비약의 수량을 철저하게 통제해서 가격을 높여야 한다고 주장했다. 하지만 아쉽게도 그러한 주장은 가난한 이들도 치료해 주고 싶어 하는 부부의 생각과는 맞지 않았다.

'거절과 동시에 더러운 짓을 벌이기 시작했어.'

여태껏 아무 문제가 없던 그녀의 약재를 먹은 사람 중 대다수가 중독되었고, 무더기로 죽어 나갔다.

가족들은 그럴 리가 없다고 해명할 기회를 요청했지만, 귀

족의 힘은 강력했다.

순식간에 진료소를 포위한 병사들이 부부를 체포했고, 마녀라는 누명을 뒤집어씌운 채 감옥에 수감시켰다.

'그리고 기다렸다는 듯이 자신이 진료소를 만들었지.'

영주에게 인정받은 화이트홀 유일의 진료소라는 타이틀, 최신식의 시설과 수도에서 초청해 온 고명한 약재사들까지!

그들은 마녀에게 중독당해 죽음만을 기다리던 주민들을 말끔하게 치료해 주며 칭송을 받았다.

'여기까지는 각본대로 잘 흘러갔을 거야.'

문제는 이후부터 계획이 조금씩 틀어졌다는 것이다.

그는 스마일 진료소가 문을 닫으면 자신이 그 매출까지 독식할 수 있을 거라 생각했지만, 애초에 엘프의 비약이 없는데 돈이 나올 리가 없다.

'황금알을 낳는 거위의 배를 갈라 버린 격이야. 지금쯤 답답하겠지.'

엘프의 비약이 판매되지 않자 화이트홀의 약재 산업 파이는 거짓말처럼 쪼그라들었다. 상인이나 다른 도시의 귀족들은 자신의 영지에서도 구할 수 있는 약을 웃돈 주고 구매할 만한 바보가 아니었기 때문이다.

'아까 그 염소수염이 영주 동생이라고 했지? 그가 노리는 건 아마 스마일 진료소의 레시피일 거야.'

당연한 말이지만 아야나는 엘프의 비약에 대해서는 조금도 알지 못했다.

물론 염소수염은 그렇게 생각하고 있지 않은 것 같지만.

'대충 이야기는 이해가 되었고……'

카이는 울적한 표정을 짓고 있는 아야나에게 물었다.

"아야나, 만약 헬릭 님이 소원을 안 들어주면 어쩔 계획이었는지 물어봐도 될까?"

"그야…… 여, 열심히 약초를 캐고, 팔아서…… 다음 실험 때는 정말 엄마가 만들었던 약재를 재현해 내는 거예요."

"그리고?"

"그, 그리고…… 그 약재들을 팔아서 다시 진료소를 부흥시킨 다음……"

두 주먹을 꽉 쥐고 자신의 계획을 열심히 이야기하던 아야나의 목소리는 점점 힘을 잃었다.

오래된 치즈처럼 구멍이 숭숭 뚫려 있는 어설픈 계획. 성공률이 낮은 계획이라는 것을 스스로 알고 있는지, 어느새 그녀의 눈시울은 붉어져 있었다.

카이는 자신의 아랫입술을 지그시 깨물었다.

'그럼에도 불구하고, 저 아이가 믿을 수 있었던 건……'

저 허술한 계획뿐이었을 것이다.

'아주 잘못된 항해를 하고 있어.'

항해라는 건 목적지를 안다고 할 수 있는 것이 아니다. 나침반도 없이 망망대해를 누비는 배의 최후는 침몰뿐이다.

카이는 고개를 푹 숙인 그녀의 머리를 천천히 쓰다듬었다.

'만약 아아냐가 독자적인 레시피로 엘프의 비약을 만들어내도 만사형통은 아니야.'

오히려 염소수염이 뛸 듯이 기뻐할 것이다.

만약 그가 아아냐에게 레시피를 알려주면 부모님을 풀어주겠다는 말을 한다면?

그 꿈 같은 유혹의 말들을 귓가에 속삭이는데 13살짜리 소녀가 버텨낼 수 있을까?

'못 버텨. 더군다나 부모님을 끔찍이 생각하는 이 녀석이라면 더더욱.'

그녀의 항해에 필요한 것은 나침반이었다. 망망대해에서 길을 잃지 않고 목적지를 향해 똑바로 나아갈 수 있게 조율해 주는 소중한 존재.

'……여기서는 내가 나침반 역할을 좀 해줘야겠군.'

그 결정에 고민이 개입할 여지 따위 없었다.

투욱, 툭.

잠시 후, 카이는 진료소 입구의 땅에 팻말 하나를 꽂아 넣고 있었다.

"저, 정말로 하시려구요?"

그 모습을 지켜보던 아야나는 불안한 표정을 감추지 못한 채 몇 번이고 같은 질문을 던졌다.

"한다니까. 이쪽도 당하고만 있을 수는 없지."

쿠우욱.

확실하게 팻말을 박아넣은 카이는 가볍게 몸을 풀었다.

'후우. 이 짓도 정말 오랜만에 해보네.'

그가 하려는 건 다름 아닌 '신속, 정확, 무료' 치료!

프리카 마을에서 했던 것처럼 무료로 주민들을 치료해 주는 행위였다.

'일단 사람부터 좀 모으자고.'

태양교의 사제가 진료를 봐준다고 하면 주민들은 모이게 되어 있다. 그건 프리카에게 이미 검증이 된 사실이다.

하지만 한 시간이 지나도, 두 시간이 지나도 손님은 찾아오지 않았다.

'대체 왜⋯⋯?'

카이가 머리를 싸매고 고민하자, 아야나가 괜히 미안하다는 표정을 지으며 사과했다.

"죄, 죄송해요. 저 때문에 굳이 이렇게까지 해주시는데⋯⋯ 애초에 이곳은 사람들이 잘 다니는 길목이 아니라서⋯⋯."

"사람들이 잘 다니는 길목이 아니다⋯⋯?"

번쩍 정신이 든 카이는 실수가 무엇이었는지 깨달았다.

'이런 바보 같은! 이렇게 간단한 사실을 놓치다니!'

카이가 프리카 마을에서 그토록 많은 주민을 손님으로 동원할 수 있었던 이유는 그의 레벨과 명성, 스킬 레벨이 높았기 때문이 아니었다.

'그들의 주거 구역 코앞에 판을 깔았기 때문이었지.'

주민들은 멀리 있는 진료소나 신전에 찾아가기보다, 가까이 있는 카이에게로 왔다.

'하지만 지금 상황은 딱 정반대야.'

염소수염의 진료소가 도시의 중앙에 있기에 찾아가기가 훨씬 수월하다. 반면에 여기는 애초에 이곳을 방문할 목적이 아닌 이상 지나칠 여지가 없는 장소였다.

"이래서는 안 돼……"

잠시 무언가를 골몰히 생각하던 카이는 이내 자리에서 일어나더니 팻말을 쑥 뽑아버렸다.

"아…… 여, 역시 안 되는 거겠죠……?"

아야나는 무슨 생각을 하는지 얼굴에 전부 드러났다.

그녀가 마음속에 담은 작은 희망의 불씨가 꺼지기 직전, 카이는 그녀의 머리 위에 손을 올리고 천천히 쓰다듬었다.

'햇살의 따스함.'

정수리를 통해 스며든 신성력이 그녀의 마음을 진정시켜주었다.

"걱정하지 마. 난 포기를 모르는 남자니까."

"그, 그럼 이제 어떻게 하시려고요?"

눈을 동그랗게 뜨고 의문을 표하는 아야나의 얼굴을 본 카이가 씨익 웃으며 자신의 두 주먹을 앞에 내밀었다.

"자, 내 왼 주먹을 부드러운 고급 스테이크로, 오른 주먹을 평범한 닭고기 수프라고 생각해 봐."

"둘 다 먹고 싶어요!"

"그, 그렇지. 둘 다 맛있겠지? 그런데 만약 아야나가 이 중에서 단 하나만 선택할 수 있다면 뭘 먹을까?"

"그야……."

아야나가 고민도 하지 않고 카이의 왼손을 덥석 붙잡았다.

"고급 스테이크요!"

"고렇취. 아니 그런데 이럴 수가! 이 끝내주는 고급 스테이크는 집까지 출장 서비스를 해주는데 닭고기 수프는 레스토랑을 방문해야만 먹을 수 있네? 그렇다면 아야나는 뭘 먹을래?"

"네? 그야…… 더더욱 고급 스테이크요."

왜 이런 질문을 하는지 모르겠다는 표정을 짓는 아야나에게 카이가 왼손 주먹으로 제 가슴을 툭툭치며 말했다.

"내가 바로 그 고급 스테이크야."

짝!

손뼉을 치며 공기를 반전시킨 카이가 좌판을 정리하곤 진료소로 들어갔다.

"아야나. 지금 나에게 필요한 건 고오급 스테이크를 먹고 싶어 하는 손님들의 리스트야. 혹시 도움이 될 만한 자료가 없을까?"

"으음…… 그러니까 지금 필요하신 게 환자들의 리스트라는 거죠?"

"그렇지. 그중에서도 도시의 외곽에 거주하고 있는…… 진료소로 자주 찾아갈 수 없는 환자들의 목록이 필요해."

"앗, 그거라면 아빠가 관리하시던 게 분명 이쪽에……."

아야나가 후다닥 달려 들어간 서재에서는 이내 낑낑거리는 소리가 흘러나왔다.

"도와줄까?"

"아니요! 다 됐어요!"

서재에서 나온 아야나는 두꺼운 책을 산처럼 쌓아 올린 채 뒤뚱뒤뚱 걸어왔다.

시야를 차단할 정도로 높게 쌓인 책들의 엄청난 양에 놀란 카이가 되물었다.

"설마 이게 전부……?"

"네. 한 번이라도 저희 진료소를 방문하셨던 환자분들의 리스트예요. 게다가 가끔 엄마랑 아빠가 약을 전해주시러 찾아가던 환자분들의 주소도 자세히 적혀 있어요."

"……그런 일도 하셨구나."

먼지 덮인 차가운 책에서는 환자를 위하는 부부의 따스한 마음이 느껴졌다.

'감히 그런 사람들에게 마녀라는 누명을 뒤집어씌워?'

재미있다는 표정으로 입꼬리를 올린 카이는 그녀를 칭찬했다.

"잘했다, 아야나. 이 리스트를 분석하기만 하면 부모님들의 누명을 벗기는 데 도움이 될 게 분명해."

"저, 정말요?"

"그럼. 물론이지. 대신 아야나가 오빠를 좀 도와줘야 할 것 같은데 괜찮겠니?"

"뭐든지 시켜만 주세요! 부모님의 일인걸요!"

반짝이는 눈을 크게 뜬 아야나가 본인의 의지를 피력했다.

"우선 내가 모르는 단어들이 많아. 약초나 약재의 이름들. 그리고 환자의 병명 등을 물어볼 때마다 알려줘."

"네!"

진료소의 낡은 책상에 두꺼운 책을 쌓아놓은 두 사람은 책을 읽으면서 조사를 시작했다.

'환자의 수가 굉장히 많군.'

우드득, 우드득.

카이는 목과 허리, 어깨를 돌려 몸을 풀었다.

앞으로 몇 시간 동안 꼼짝없이 앉아 있어야 하니 미리 대비를 한 것이다.

"그럼 시작하자고."

카이의 손이 빠르게 책의 페이지를 넘기기 시작했다.

사르륵, 사르륵.

'정말 꼼꼼하게 정리가 잘 되어 있구나.'

부부가 환자들에 대해 알고 있는 건 모두 써놨다고 해도 과언이 아니었다.

주로 아픈 부분은 어디인지, 무슨 약을 몇 번 처방해 줬는지, 집의 주소는 어디며 습관이 무엇이고 가족 관계는 어떻게 되는지까지. 내용만 따지자면 진료소가 아니라 정보 길드에서나 나올 법한 내용들이었다.

"아야나. 이쪽에 적혀 있는 민트아시오랑 클라밀레의 효능은 뭐지?"

"민트아시오는 진통제 효과를, 클라밀레는……."

마치 시험 기간을 맞이한 친구들이 도서관에서 스터디를 하듯 카이와 아야나는 무려 여덟 시간 동안 집중력을 유지하며 모든 책을 정독했다.

탁.

마지막 책을 덮은 그들의 눈은 퀭해 보였고 그 밑으로는 진한 다크서클이 내려와 있었다.

누가 봐도 엉망인 몰골이었지만 그들의 입가에는 감출 수 없는 웃음이 자리 잡고 있었다.

"내일 아침부터 순회 진료를 하러 다닐 거야. 혹시 준비할 거라도 있어?"

"아, 그게……."

아야나가 입술을 달싹였다.

무언가 말을 하고는 싶은데, 쉽사리 입이 떨어지지 않는 것 같았다.

"필요한 게 있으면 말해줘. 구해줄 수 있는 거라면 모두 다 구해줄 테니까."

"야, 약을 좀 만들고 싶은데요. 진료소에 약재가 다 떨어져서……."

"약재? 그러고 보니……."

카이는 진료소를 스윽 둘러봤다.

'처음 들어왔을 때도 냄새가 고약했었지.'

카이도 초보자 시절에 진료소를 몇 번 들러본 적이 있었지만, 이 정도로 심하지는 않았다.

"도, 돈이 없어서…… 약재와 최대한 비슷한 효능을 내는 몬스터의 부산물들을 싼값에 매입해서 약을 만드는 것에 도전해 보고 있었어요."

마치 고해성사를 하듯 자신의 잘못을 밝히는 아야나는 두 손을 붕붕 휘저으며 자기 자신을 변호했다.

"그래도 환자분이나 타인에게 먹여본 적은 단 한 번도 없어요! 제가 전부 마셔서 확인하고, 버리고 그랬으니까……."

이야기를 듣던 카이는 넋이 나간 표정을 지으며 되물었다.

"……잠깐만. 몬스터 부산물들을 이용해서 약을 만들고 있었다고?"

"네에. 몬스터 부산물들도 다양한 효과를 지니고 있으니까 대충 될 것 같았거든요. 계속 실패를 해서 문제지만……."

그녀가 수줍게 내민 수첩의 겉면에는 손때가 덕지덕지 묻어 있었다.

'대체 얼마나 손에 쥐고 있었으면…….'

그녀의 근성에 가볍게 감탄한 카이의 손가락이 천천히 페이지를 넘겼다.


**[민트아시오를 삼킨 큰 귀 박쥐 포션 LV.1]**

5분 동안 모든 스탯 15 상승합니다.

10분 동안 받는 피해가 5% 감소합니다.

30분 동안 상태 이상 '실명'에 걸립니다.

아야나의 메모 : 실패! 큰 귀 박쥐의 성분이 너무 강력해.


**[붉은 에가르의 뿔 포션 LV.1]**

10분 동안 공격력이 약간 증가합니다.

10분 동안 공격 속도가 약간 증가합니다.

복용 시 상태 이상 '기절'에 걸립니다.

아야나의 메모 : 또 실패! 다만…… 불면증에 시달리는 환자에게는 한 번쯤 줘보는 것도?


'이건……?'

수첩에는 그녀가 구상한 듯한 레시피들이 빼곡히 적혀 있었다.

"이, 이걸 전부 네가 구상한 거라고?"

"네에. 그런데 성공한 게 하나도 없어요."

"그야 당연하지……."

카이의 두 눈이 빠르게 실패 요인을 훑었다.

'이 레시피에는 약재다운 재료가 단 하나도 안 들어갔어. 그런데도 이런 효과를 이끌어냈다고? 이건 실력이 좋고 나쁘고의 문제가 아니잖아.'

만약 그녀가 정상적인 약재들만 사용할 수 있었어도, 훨씬 효과가 좋은 약들을 만들어냈을 것이 분명했다.

"혹시 평소에도 부모님을 도와서 약을 만든 거야?"

"아니요. 엄마랑 아빠는 제가 17살이 되기 전까지는 위험하다고 불 근처에도 못 가게 하셨어요."

"······."

한마디로 태생적으로 타고난 천재였다.

납득이 안 되는 건 아니었다.

'그야 부모님 두 분이 모두 약재사니까 그 피가 어디 가진 않았겠지.'

하지만 이 정도로 놀라운 재능이라니.

카이가 곧장 인벤토리에서 골드 무더기를 꺼내 탁자 위에 올려놨다.

"좋아. 필요한 약재들을 말해 봐. 구할 수 있는 건 전부 사 올 테니까."

"저, 정말요?"

아야나의 안색이 눈에 띄게 밝아졌다. 마치 이번 주말에 놀이동산에 데리고 가주겠다고 선언한 아빠를 바라보는 천진난만한 표정이었다.

그녀는 곧장 새하얀 종이에 자신이 필요한 약재들을 하나씩 적기 시작했다.

'만약 그녀가 만들어내는 포션들의 효과가 기대 이상이라면······.'

벼랑까지 내몰린 스마일 진료소의 상황을 손바닥 뒤집듯 뒤집을 수도 있었다.

'결과가 나오면 자연스럽게 알게 되겠지.'

마치 수능 시험의 결과를 기다리는 것처럼 초조하고 애가 타는 시간이 흘러갔다.

✳

햇살이 들어오는 이른 아침.

"와, 완성됐어요!"

아야나의 외침에 카이가 슬며시 눈을 떴다.

천천히 열린 입술 사이로 떨리는 목소리가 흘러나왔다.

"어, 어때? 성공이야?"

"헤헤!"

대답 없이 방긋방긋 웃기만 하는 그녀가 조그마한 병 하나를 내밀었다.

녹색의 액체가 가득 들어 있는 병.

"확인해 보세요!"

병을 받아든 카이의 눈앞으로 인터페이스창이 떠올랐다.

**[생명이 깃든 민트아시오 농축액 Lv.7]**

120분 동안 최대 생명력이 상승합니다.

120분 동안 생명력 재생 속도가 30% 증가합니다.

생명력 15%가 즉시 회복됩니다.

초급 레벨의 디버프를 모두 해제합니다.

"……!"

그야말로 놀라운 포션의 효과에 카이의 입이 쩍 벌어졌다.

'이게 태어나서 처음으로 완성시킨 포션이라고?'

카이는 자신의 인벤토리에서 마탑이 만들어준 포션들을 꺼냈다.

**[저항력 증가 포션 Lv.3]**

5분 동안 각종 상태 이상 저항력이 증가합니다.

**[속도 증가 포션 Lv.3]**

5분 동안 모든 속도가 증가합니다.

……

"……말도 안 되잖아."

원래도 마탑에서 포션을 제작하는 이들보다는, 전문적으로 포션을 제작하는 연금술사나 약재사의 포션이 더 뛰어난 것이 사실이다.

하지만 아무리 그래도 초심자, 아니, 처음 만들어본 사람과 이 정도의 격차가 나는 것은 비정상적이다.

'아야나에게는 미안하지만, 딱 좋은 시기에 그녀를 만났어.'

그녀의 가족에게 더 큰 불행이 닥치기 전, 그녀를 도와줄 영웅이 필요한 시기였다. 지금 그녀를 도와주면 점수를 따는 것은 물론이고 호감도도 팍팍 상승할 것이다.

'나처럼 솔로 플레이를 지향하는 유저는 도핑 약이라도 잘 챙겨 먹어야 해.'

만약 아야나의 실력이 여기서 더욱더 상승한다면?

'그냥 지금 종신 계약서라도 써버릴…… 아니, 역시 그건 아니겠지.'

가까스로 욕망을 억누른 카이는 그녀를 칭찬했다.

"아주 훌륭해. 부모님이 보신다면 반드시 기뻐할 거야."

"헤헤헤."

카이는 칭찬을 듣고는 손가락을 꼬물거리며 기뻐하는 아야나를 보며 수십 개의 병에 약을 나눠 담았다.

"내일부터 바로 환자들을 치료할 거야. 밤새 약 만든다고 고생했으니 쉬고 있어."

"그, 그래도 제 일인데 그런 고생을 혼자 하시면 죄송해서……."

"어허. 이 은혜는 나중에 천천히, 아주 길고 긴 시간 동안 다 갚으면 되는 것이야."

그녀를 재운 카이는 진료소를 나서기 전, 블리자드를 소환했다.

"크아아?"

"진료소 잘 지키고 있어. 특히 저쪽의 소녀는 털끝만큼도 다치게 해서는 안 돼."

"크로롱."

블리자드가 우직하게 고개를 끄덕였다.

녀석의 엉덩이 뒤에서 살랑거리는 꼬리만 아니라면, 언노운 그 자체였다.

'자, 이제 슬슬 반격을 시작해볼까?'

지렁이도 밟으면 꿈틀한다는 것을 영주 형제에게 알려줄 시간이었다.

[명성이 상승합니다.]
[선행 스탯이 1 상승합니다.]

"흐음, 그래도 선행 스탯이 오르긴 오르는구나."

카이는 지난 이틀 동안 도시의 외곽 부근. 그러니까 빈민가들을 돌아다니면서 그들을 집중적으로 치료했다.

물론 그 이틀 동안 오른 선행 스탯은 고작 두 개. 하지만 애초에 그런 것을 생각하고 시작한 일이 아니었다.

"크흑, 아이의 열이 내렸어요! 정말 감사합니다!"

"제 다리마저 망가지면 가족을 먹여 살릴 수단이 없었는데…… 이 은혜 잊지 않겠습니다!"

"마땅한 보상조차 해드리지 못하는 저희에게 이렇게까지 해주신 분은 당신이 처음입니다."

빈민가의 성자 카이.

지난 이틀간의 순회 치료를 통해 카이가 획득한 별명이었다. 물론 칭호로 인정이 되는 것이 아니라 NPC들이 멋대로 떠드는 것뿐이다.

하지만 중요한 건 화이트홀의 주점에서도 간간이 카이라는 이름이 흘러나온다는 것이었다.

"자네 그 소문 들었나? 빈민가에 성자가 나타났다는군."

"성자? 그게 대체 무슨 소리인가?"

"태양교를 믿는 모험가 사제가 빈민가 주민들을 치료하고 다니는데, 신성력이 어찌나 대단한지 손만 댔다 하면 아픈 곳이 싹 낫는다더군."

"허어, 모험가가 대체 무슨 이득이 있어서 그런 짓을 한단 말인가?"

"예끼 이 사람아. 모험가 사제는 사제 아닌가? 사제가 무슨 이득을 보고 움직이겠나. 당연히 태양신의 교리에 따라 자비를 베푸는 것이지."

"이해할 수는 없지만 대단한 양반이군 그래."

"자네는 죽어서 지옥 가겠군."

"닥치고 술이나 주게."

카이에 대한 소문은 천천히, 하지만 확실하게 퍼져나갔다.

'이제 밑밥은 충분히 깔아놨어. 슬슬 입질이 올 때가 된 것 같은데……'

그 뒤로 사흘이라는 시간이 더 흐르자 마침내 카이가 기다리던 손님이 그를 방문했다.

"카이 신관님? 영주님께서 카이 님을 저녁 식사에 초청하셨습니다. 부디 거절하지 말아주시기를."

"거절이라뇨? 그럴 리가요. 오히려 영광입니다."

카이가 활짝 웃었다.

같은 남작가의 저택이지만, 화이트홀 영주의 저택은 아르센 남작의 것보다 훨씬 화려했다.

게다가 길다란 식탁을 가득 채운 음식들은 가짓수를 세는 것도 힘이 들 정도로 많았다. 이 정도면 상다리가 부러지지 않을지 걱정해야 할 지경이었다.

"자네인가? 최근 빈민가의 성자라고 불리는 것이."

동생이 염소라면 형은 돼지처럼 생겼다.

사람의 목살이 다섯 겹으로 접힐 수 있다는 사실을 새롭게 알게 된 카이가 빙긋 웃었다.

"과분한 호칭입니다."

"크흠. 내 오늘 자네를 부른 건 별다른 용무가 있어서는 아니고……."

용무 있다는 소리다.

이유도 없는데 바쁜 사람을 왜 부르겠는가.

카이는 느긋하게 이어질 말을 기다렸다.

'스마일 진료소와 어떤 관계냐, 뭐 대충 그런 걸 캐묻겠지.'

"자네와 스마일 진료소가 어떤 관계인지 궁금해서 말일세. 치료 활동을 할 때 그 진료소의 이름을 내세우고 있다고 들었네."

'빙고.'

카이의 예상을 손톱만큼도 벗어나지 못하는 돼지 영주!

당연히 이에 대한 답안도 준비해 둔 상태였다.

"별다른 관계는 없습니다. 우연히 방문한 곳인데, 기구한 소녀가 있어서 조그마한 도움을 주는 중이지요."

"흐음."

안 그래도 작은 눈을 더욱 가늘게 뜨고 카이의 표정을 살피던 영주가 말을 이었다.

"혹시 명성을 추구하는 거라면 이런 시골 도시보다는 더 큰 곳으로 가는 것이 나을 텐데."

"태양신께서는 자비와 베품, 친절을 추구하되 명성을 경계하란 말을 하셨습니다. 게다가 눈에 안 보였다면 모를까, 저리 고통을 받는 사람들이 있는데 사제된 몸으로 어찌 이를 지나치겠습니까."

"고통? 아아, 며칠 전부터 유행한다던 그 병을 말하는 건가."

돼지 영주는 심드렁한 표정으로 스테이크를 썰면서 중얼거렸다.

자신의 영지민들이 고통스러워함에도 불구하고 하등 신경을 쓰지 않는 듯한 태도였다.

"영주님께서는 아무렇지도 않으십니까? 당신을 따르는 사람들이 저리 고통받고 있습니다만."

"그들은 세금도 적게 내는 빈민가의 주민들 아닌가. 죄다 더러운 몰골을 하고 다니니 병도 생기고 그러는 거니 씻고 다니라고 하게. 가만, 그런데 이것들이 제법 오랫동안 아픈 것 같은데 혹시 전염병은 아니겠지? 그렇다면 이것들을 싹 다 도시에서 내쫓아야 할 텐데……."

말문이 막힌 카이가 어처구니 없다는 표정을 드러내며 물었다.

"……곧 겨울이 다가옵니다. 지금 쫓겨나면 저들은 대체 어디로 간단 말입니까?"

"그걸 왜 나에게 묻나? 세상에 태어났으면 제 몸 뉠 자리 정도는 스스로 찾아야 하는 법일세."

돼지 영주는 방금 자신의 말이 제법 멋지다고 생각했는지, 흐뭇하게 웃으며 크게 썬 스테이크를 입안에 쑤셔 넣고 우물거렸다.

"저렇게 처먹으니 살이 찌지……."

"지금 뭐라고 했나?"

"아니요, 아무 말도 안 했습니다만."

능청스레 고개를 저은 카이는 품속에서 종이 한 장을 꺼내 그에게 내밀었다.

돼지 영주의 인상이 찡그려졌다.

"거, 식사하는 자리에서 밥맛 떨어지게…… 이건 또 뭔가?"

"한 번 읽어보시지요."

의심스러운 눈초리를 띠우며 종이를 낚아챈 영주는 내용을 단숨에 읽어내렸다.

종이의 내용을 모두 읽은 그는 불쾌하다는 표정을 지으며 이를 흔들었다.

"이게 대체 무슨 뜻이지?"

"쓰여 있는 그대로입니다. 제가 영주님에게 드리는 제안서이지요."

"제안이라고? 하! 내가 보기엔 천 골드를 뜯어내려는 수작질로밖에 안 보인다만?"

"뭔가 잘못 생각하시는 것 같은데…… 거기 제안서의 내용대로 이행해도 저에겐 한 푼도 안 떨어집니다."

"말 같지도 않은 소리! 그럼 병에 걸린 주민들을 치료하고 병이 퍼지는 걸 예방하는 비용이 1천 골드나 된다는 소리인가?"

그가 역정 내는 것을 가만히 듣던 카이가 어이없다는 표정으로 되물었다.

"당연한 거 아닙니까? 화이트홀의 주민은 30,000명이나 됩니다. 그들 중 병에 걸린 빈민가의 이들만 무려 8,000명이지요. 가장 확실한 방법은 그들 모두에게 성수를 먹이고 땅을 정화하는 것이지만…… 그러기 위해선 돈이 얼마나 들어가는지 아시겠죠?"

"내가 산수도 못하는 사람처럼 보이나? 성수의 가격은 병당 1골드이니 3만 골드고 땅을 정화하는 데에는 비용이 더 들어가겠지. 하지만 자네의 계산에는 가장 중요한 것이 빠져 있네."

"그게 뭡니까?"

"그것은 바로 내가 돈을 내고 싶은 마음이 없다는 것이지!"

"……"

어떻게 저런 쓰레기 같은 말을 세상에서 가장 떳떳하다는 표정으로 지껄일 수 있는지, 카이는 진심으로 당황해서 입만 멍하니 벌렸다.

그 모습을 바라본 돼지 영주는 자신이 크게 한 방 먹였다고 생각했는지 턱살을 푸들거리며 웃었다.

"푸흐흐흐. 멍청한 얼굴 좀 보게. 이래서 모험가들은 안 된다는 것이네. 탁상공론에만 능하지 않나."

"……절 위해서도 아니고, 영주님과 영주님 도시의 주민들을 위한 돈입니다."

"걱정해 줘서 고맙네만 그건 내가 알아서 하겠네. 자네는 신경 쓸 필요 없어."

손을 휘휘 저어 보인 채 다시 식사를 시작하는 돼지 영주!

카이는 튀어나오려는 욕설을 억누르며 다시 한번 그를 설득했다.

"다시 한번 잘 생각해 보십시오. 치료 비용을 천 골드까지 줄여 드리겠습니다."

"단순 계산만으로도 주민들에게 성수를 먹이고 땅을 정화하는데 5만 골드 정도가 들어가네. 그걸 천 골드에 해주겠다? 날 너무 쉽게 보는군."

자신의 생각을 확고히 다진 영주는 시종일관 부정적인 태도를 취했다.

'이러면 곤란한데……'

눈을 데굴데굴 굴리던 카이는 식당 내부를 빠르게 관찰했다.

'벽에 걸려 있는 화려한 검과 조각품, 그리고 그림들…… 사치를 무척 좋아하는 인간.'

카이는 친근한 형제 스킬을 사용해야 할지 말지를 잠깐 고민했다.

하지만 그의 고개는 좌우로 흔들렸다.

'여기서 이걸 사용하면 안 돼.'

친근한 형제는 NPC의 호감도를 절대적으로 50만큼 상승시켜주는 엄청난 효과를 지닌 스킬이지만 대상에게 한 번밖에 사용하지 못한다는 치명적인 단점이 있었다.

'이 수는 조금 아껴야 해. 그렇다면 대체 무엇을 이용해야…….'

카이의 머리가 평소보다 두 배, 세 배 가까이 빠르게 돌아가기 시작했다. 누군가를 엿 먹이고 싶을 때만큼은 압도적인 고성능의 두뇌였다.

잠깐의 고민을 끝낸 카이가 슬며시 식기를 내려놓으며 말했다.

"만약 영주님이 주민들의 치료에 천 골드만 지원해 주신다면, 영지민들의 칭송이 밤낮을 가리지 않고 거리를 울릴 것입니다. 그 소식은 어쩌면 국왕 폐하의 귀에까지 들어갈지도 모르지요."

"국왕 폐하라고? 아니, 이런 사소한 일이 어떻게 폐하의 귀에까지……."

"후우……. 사실 이건 말씀드리면 안 되는 건데…… 어쩔 수 없군요."

순식간에 수척한 표정을 지은 카이의 입술 사이로 근심 어린 목소리가 흘러나왔다.

"사실 지금 화이트홀을 뒤덮은 병은 일반적인 병마가 아닙니다."

"그게 무슨 소리인가?"

"혹시 최근 하비에르 왕국의 소식을 들으셨습니까?"

"그야……."

영주가 눈을 껌뻑거리며 고개를 살짝 끄덕였다.

"아무래도 나의 영지가 국경 지대 근처에 있다 보니, 상인들의 입을 통해 듣는 소문이 없지는 않지. 그쪽 지역은 지금 초상이 났다고 들었네만?"

"예. 그 이유는 바로 병마 때문이지요. 온몸에 푸른 반점이 돋아나고 일주일 안에 사망하는 끔찍한 전염병입니다."

"……설마?"

돼지 영주의 눈알이 데굴데굴 굴러갔다.

"맞습니다. 왜 저에게 이런 조그마한 도시에서 치료를 하고 다니냐고 물으셨지요? 저는 태양교에서 모종의 임무를 맡고 파견된 사제입니다."

"모종의 임무라면……."

"하비에르 왕국을 휩쓸었던 그 병이 화이트홀 쪽으로 번질지도 모른다는 소문의 진상을 확인하기 위함입니다."

"말도 안 되는 소리!"

콰앙!

식탁을 강하게 내려친 돼지 영주의 푸짐한 족발 한 쌍이 부르르 떨렸다.

"하, 하비에르에서 유행했던 병이 왜 이곳 화이트홀로 온단 말인가?"

"글쎄요. 저도 거기까지는 모르겠습니다. 하지만 현재 환자들이 호소하는 증상은 그것과 똑같습니다."

"으으……."

자신의 영지에 전염병이 불어닥칠지도 모른다는 공포!

돼지 영주가 땀을 폭포수처럼 흘리기 시작했다.

"왜 그리 불안해하십니까?"

"자네라면 안 불안하겠나! 내 영지에 전염병이 퍼질지도 모른다는데!"

"그래서 제가 왔지 않습니까."

카이는 마치 이것이 아무 일도 아니라는 듯 싱긋 웃어보였다.

"천 골드에 그 고민을 싹 지워준다는 소리입니다. 아시겠지만 이렇게 싼값에 해드리는 이유는, 태양교에서 어느 정도의 대금을 지원해 주기 때문입니다."

"오, 오오…… 헬릭이시여……."

돼지 영주는 황급히 두 손을 부여잡으며 태양신을 찾았다.

"이 사안은 국왕 폐하께서도 관심을 가지고 지켜보고 계십니다. 그런데 만약 영주님께서 저의 제안을 받아들여 이 도시의 병마를 깨끗하게 몰아내신다면?"

"모, 몰아낸다면?"

씨익.

카이가 환한 미소를 지었다.

"승작도 노려볼 만하지 않겠습니까."

"스, 승작……!"

승작이라는 단어에 흥분한 돼지 영주가 콧구멍을 벌름벌름 거렸다.

그 안으로 만 원권 지폐 몇 장을 찔러놓고 싶은 충동을 겨우 억누른 카이는 고개를 끄덕였다.

"충분히 가능한 일입니다. 하비에르 왕국조차 대응이 늦어 병을 사전에 차단하지 못했는데, 그걸 일개 도시인 화이트홀에서 자체직으로 해낸다? 국왕님은 물론 다른 나라에서 그걸 보면 무슨 생각을 하겠습니까?"

"……화이트홀의 영주인 내가 잘났다고 생각을 하지 않겠는가?"

짝!

카이가 박수를 치며 아부를 떨었다.

"역시 똑똑하십니다. 영주님의 명석한 두뇌와 예리한 판단력, 그리고 검날처럼 날카로운 실행력과 카리스마가 이를 해냈다고 믿겠지요."

"흐으음……."

그제야 눈알을 굴리며 계산기를 두드리는 돼지 영주!

카이는 그가 고민할 틈을 주지 않고 몰아붙였다.

"자, 한 번 상상해 보십시오. 모든 일이 끝난 뒤. 영주님은 폐하의 호출을 받고 수도로 상경하시는 겁니다. 거리를 가득 메운 채 영주님의 이름을 연호하는 수도의 시민들, 해를 가릴 정도로 하늘을 뒤덮은 꽃다발들. 심지어 거리의 악사들은 영주님의 위업을 노래로 만들어 부르겠지요. 그 행렬을 지나쳐 폐하에게 당도하면 그분께서는 영주님의 어깨를 두드리며 이렇게 속삭이실 겁니다."

툭툭.

카이는 몽롱한 표정을 짓고 있는 그의 어깨를 두드리며 귓가에 속삭였다.

"오늘부로 그대를 백작의 위(位)에 봉하노라."

"배, 백작!"

돼지 영주의 입이 당장에라도 찢어질 것처럼 크게 벌어졌다.

"그, 그렇게 큰 건 바라지도 않네! 자작으로만 승작되어도 만족이야. 암, 만족이지!"

이미 승작은 기정사실화라도 된 것처럼, 그의 커다란 얼굴이 희열로 가득 찼다.

동시에 카이의 눈앞으로 메시지창이 떠올랐다.

띠링!

[화려한 언변으로 화이트홀의 영주, 피기니아 티번을 훌륭하게 요리했습니다.]

[당신은 타인을 유혹하는 말솜씨를 지니고 있습니다.]

[상대방이 듣고 싶은 말만 하는 건 아부에 지나지 않습니다. 상대방을 기분 좋게 만들면서 자신이 원하는 것을 끌어내는 것. 그것이 화술이 추구하는 궁극의 경지입니다.]

[화술 스킬의 레벨이 올랐습니다.]

[화술 스킬의 레벨이 올랐습니다.]

[화술 스킬이 초급 3레벨이 되었습니다.]

[이제 대화를 할 때 상대방의 기분을 어느 정도 파악할 수 있게 됩니다.]

웃는 낯으로 메시지창을 빠르게 확인한 카이의 입에서 칭찬이 흘러나왔다.

그리고 카이는 그 날 처음 알 수 있었다.

"화이트홀 영주는 파도 파도 미담만 나온다고 들었습니다. 오늘 직접 뵈니 그 소문이 사실인 것 같아 기쁘군요."

"거 사람 참, 사제라 그런지 맞는 말만 하고 사는군! 그렇게 살면 피곤하지 않나? 으허허!"

칭찬은 고래뿐만이 아니라, 돼지도 춤추게 만든다는 것을.

# 38장
## 푸른 역병의 아오사

[1,000 골드를 획득했습니다.]

[협상 스킬의 레벨이 올랐습니다.]

[협상 스킬이 초급 4레벨이 되었습니다.]


인벤토리로 들어온 대금은 카이의 입가에 미소를 만들었다.

물론 돼지 영주는 단단히 경고를 하는 것을 잊지 않았다.

"혹시라도 도망갈 생각은 말게. 내가 자네에게 선금을 주는 이유는…… 말하지 않아도 알겠지?"

"물론입니다. 오늘 이 자리에서 있었던 모든 일은 무덤까지 가져갈 것이며, 이 사건은 하나부터 열까지 모두 영주님이 기획하신 일이 될 겁니다."

"크흐흐, 좋군. 그럼 살펴 가게나."

저택을 나온 카이가 슬쩍 뒤를 쳐다봤다.

만약 자신이 NPC였다면 모든 일이 끝나고 반드시 살해를 당했을 것이다.

'이 세상에 비밀을 없애는 방법은 비밀을 알고 있는 자들을 죽이는 방법밖에 없으니까.'

하지만 그에게는 불행하게도 카이는 계속해서 부활하는 모험가!

'그래서 선금을 준 거겠지. 아예 당근을 줘서 배신할 생각을 못 하게 하려고.'

물론 계약이 성립된 자리에서 바로 천 골드를 건네줄 것이라고는 생각하지 못했다.

'어지간히 해먹은 돈이 많나 봐.'

천 골드는 한화로 무려 1억이나 되는 큰돈이다. 하지만 성수를 산다면 고작 천 병밖에 살 수 없는 애매한 금액에 지나지 않는다.

그럼에도 불구하고 카이가 이 정도 금액을 받은 데에는 이유가 있었다.

'성수? 굳이 그걸 살 필요는 없지. 나에겐 아야나의 약이 있으니까.'

근거 없는 믿음이 아니었다. 실제로 지난 일주일 간 빈민가들을 돌면서 아야나의 약을 사용해 봤기 때문이었다.

'아이템 감정을 통해 증명이 끝난 약들이었지만, 확신이 필요했었어.'

그녀의 약이 아오사의 영향을 받아 전염병에 걸린 이들을 치료할 수 있다는 확신이 필요했다. 결국 일주일 동안 환자들을 치료한 카이는 마침내 한 가지 결론을 내릴 수 있었다.

'아야나의 약은 확실해. 일주일간 지켜봤지만, 재발한 적도 없어.'

그녀의 타고난 재능이 불러온 축복!

그것이 카이가 거리낌 없이 돼지 영주에게서 돈을 뜯어온 이유였다.

'천 골드가 뭐야? 아야나의 약에 들어가는 재료비는 병당 3실버밖에 안 해.'

단순 계산으로 약을 3만 3천 병이나 만들 수 있는 액수였다. 하지만 카이는 그 정도 양의 약을 만들어야 할 필요성을 느끼지 못했다.

'나는 푸른 반점이 떠오르는 걸 발견하는 즉시 아오사를 잡으러 가면 돼.'

녀석이 뿌리고 다니는 역병은 스스로의 부산물이나 다름없었다. 즉, 아오사를 처치하면 환자들이 앓던 병도 사라진다는 이야기다.

'말 몇 마디 하고 1억이라…… 괜찮은 거래였어.'

돼지 영주는 이번 거래를 크게 만족했지만, 카이만큼은 아닐 것이다.

"자, 그럼 아오사가 언제쯤 오려나……."

스마일 진료소로 되돌아가는 카이의 발걸음은 유례없이 가벼워 보였다.

딸깍.

"이 정도면 되었나."

아야나가 만든 특제 정화 포션을 작은 병에 담은 카이는 그것을 진열대에 꽂아 넣었다.

그는 오늘 오전에 사놓았던 아이스크림을 인벤토리에서 꺼내 그녀에게 건넸다.

"수고했어. 이 정도면 나 없어도 마을 사람들을 치료할 수 있겠네."

"그, 그런 말 하지 마세요. 어디 가시면 안 돼요……."

칭찬을 받아 부끄럽다는 감정과 카이가 어디론가 떠날까 봐 두려워하는 감정, 그리고 한입 떠먹은 아이스크림이 끝내준다는 감정이 혼합된 복잡한 기분!

그녀를 지켜보던 카이가 슬쩍 고개를 돌렸다.

'이제 빈민가 주민들도 절반 정도는 치료한 건가.'

영주와의 거래 이후로 사흘이 더 지났다. 처음 치료를 시작한 때부터 꼬박 열흘이라는 시간이 흐른 것이다.

그 시간 동안 카이와 아야나가 치료한 빈민가 주민들의 숫자는 무려 4천 명 이상이었다.

'오랜만에 예전 생각도 나고 좋네.'

어렸을 적 기름이 바다에 유출되던 사건이라든지, 홍수로 인해 집이 수몰돼 버린 사람들을 도와주기 위해 자주 봉사를 갔던 카이는 그때도 몸은 고되고 시간은 영원처럼 길게 느껴졌지만, 그곳에 간 걸 후회하지는 않았다.

'지금도 마찬가지겠지.'

당장은 힘들지라도 훗날의 어느 때인가 지금을 떠올리면 이 또한 추억이 될 터였다. 누군가의 강요 때문에 하는 것이 아니라 자발적인 선행이기 때문이다.

"으으음."

찌뿌둥한 몸을 스트레칭으로 풀어버린 카이는 아야나가 간식을 먹고 꾸벅꾸벅 졸자, 아이스크림을 쓰레기통에 버리고는 그녀를 침대에 데려가 눕혔다.

"자고 있어."

"어, 어디가시면……."

"안 가니까 걱정하지 말고."

"네에…… 그럼 30분만…… 잘게요오."

약간의 시간이 흐르자 방 안은 새근새근 규칙적인 숨소리로 가득 찼다. 카이는 그녀의 목 부근까지 이불을 덮어주며 머리를 쓰다듬었다.

'부모님도 조만간 만나게 해주마.'

한국에서의 열세 살이라면 초등학교 5학년일 나이다.

요즘 아이들이 성숙하기에 알 건 모두 안다고 하지만, 여전히 보호자의 손길이 필요한 시기. 그녀와 부모님의 재회를 하루라도 빨리 앞당기고 싶은 카이는 그녀의 방을 나섰다.

"크르릉."

그때, 복도에서 경비를 서고 있던 블리자드가 대뜸 으르렁거리며 경계심을 드러냈다.

"무슨…… 일이야?"

처음보는 블리자드의 모습에 덩달아 심각해진 카이가 되물었다.

하지만 블리자드는 그런 카이에게 눈길 한 번 주지 않고, 북쪽을 뚫어져라 쳐다보며 몸을 움찔거렸다.

'블리자드가…… 겁을 먹었다고?'

잠시 이 상황이 이해가 되지 않아 눈을 깜빡였다. 블리자드는 비록 자신에게 패배하여 펫이 되었다지만, 일족 최고의 전사였던 그 기질이 어디 가지 않았다. 실제로 그는 언제나 자신감이 넘쳤고, 전투를 즐겼으며, 강자를 찾아다녔다.

'그런 블리자드를 압박할 수 있는 존재라면…… 설마?'

정신이 번쩍 든 카이가 빠르게 진료소를 달려나갔다.

타다다닥.

사제의 움직임이라고는 믿을 수 없는 속도로 시내에 도착한 그의 인상이 일그러졌다.

"어엇! 주, 중독됐어! 사제, 어디 사제 없어?"

"푸른 역병이라고? 이게 무슨 미친 도트 대미지……."

"성수 삽니다! 빨리 사요!"

"끄으윽……."

"커헉, 쿠허억……."

푸른색의 운무가 넓게 퍼져 있는 길거리는 이미 죽음의 기운이 넘실거리는 중이었다.

'확인, 우선은 확인이 먼저야.'

주위를 휘휘 둘러보던 카이는 재빨리 기절한 남자의 소매를 걷어붙였다.

동시에 그의 눈이 크게 뜨여졌다.

"……푸른 반점이다."

그것은 푸른 역병의 아오사가 나타났음을 알려주는 확실한 증거였다.

'하지만 대체 어디서? 어떻게?'

카이의 머릿속이 복잡한 실타래처럼 엉키기 시작했다.

이곳에서 느긋하게 진료를 하고 있다 보면 아오사가 다가오는 것을 알 수 있을 거라는 타르달의 설명과 현실은 많이 달랐기 때문이다.

'젠장…… 내가 너무 안일했나?'

카이가 아랫입술을 강하게 깨물었다. 그의 말을 전적으로 믿은 것이 첫 번째 실수였다.

타르달도 아오사를 실제로 본 적은 없다. 모든 건 역사서에 기록된 내용과 하비에르에서 발견된 아오사의 흔적을 읽었을 뿐이라는 걸 염두에 두었어야 했다.

'지금 상황은 타르달조차 예상하지 못한 거야.'

아오사가 퍼트리는 역병의 진행 속도는 그의 생각보다 훨씬 빨랐다.

'푸른 반점이 돋아날 때부터 일주일이라고? 절대 아니다.'

역사서에 기록된 아오사의 능력은 그랬을지도 모르겠으나, 적어도 지금은 아니었다. 아오사는 그때보다 훨씬 강력하고, 지독해져서 돌아왔다.

뮬딘 교가 제대로 칼을 갈았다는 것이 저릿저릿하게 느껴질 정도로 도시를 뒤덮은 푸른색 운무는 NPC와 모험가를 가리지 않았다.

그건 카이라고 예외가 아니었다.

[푸른 역병에 중독당했습니다.]

[1초당 1,000의 대미지를 입습니다.]

[스킬의 효과가 20% 감소합니다.]

[움직임이 15% 느려집니다.]


'이런 말도 안 되는 병이!'

그야말로 치명적인 푸른 역병이었지만, 카이는 해제할 수 있었다. 물론 전혀 위로가 되지는 않았다.

'이 사달을 끝내려면 결국 아오사를 처치해야 돼.'

카이의 고개가 한쪽으로 휙 돌아갔다.

푸른색 운무가 가장 짙은 곳. 만월의 월광조차 스며들지 못하는, 도시에서 가장 어두운 장소.

'광장이다.'

그곳에 놈이 있다!

주변을 휙휙 돌아보던 카이가 근처의 뒷골목으로 달려들어갔다.

콰드드드드득!

무언가가 무너지는 소리가 거리를 가득 채웠다.

뼈나 방어구 따위가 무너지는 가벼운 소리는 절대 아니었다. 그것보다는 훨씬 더 육중한 무언가, 마치 건물이라도 무너지는 듯한 소리.

"쓰러진다!"

"피해!"

콰아아아아아앙!

잠시 후 3층짜리 저택 하나가 그대로 박살 나버리자 유저들은 기겁하며 날아드는 잔해를 피했다.

손으로 부채질을 하며 피어오르는 먼지를 걷어낸 그들의 눈가에는 절망과 분노가 어려 있었다.

"이런 젠장! 엿 같은 페가수스 녀석들!"

"저거 대체 뭔데? 오늘 무슨 이벤트 공지라도 있었어?"

"이벤트는 개뿔!"

"그럼 저 녀석은 대체 뭔데? 왜 세이프존인 도시를 공격하는 거냐고?"

"여관방에서 자다가 꿈나라 대신 황천 갈 뻔했네."

마치 지방 방송이 켜지듯, 여기저기서 욕설과 투정이 질서 없이 쏟아져 나왔다.

이 자리에서 숨을 쉴 수 있고 멀쩡하게 살아 있다는 것이 시사하는 바는 명확하다. 높은 마법 저항력과 레벨을 지니고 있다는 뜻!

하지만 그런 그들에게도 눈앞의 대상을 어떻게 처리할지에 대한 방도는 떠오르지 않았다.

'이 새끼를 뭐 어떻게 잡으라고?'

'내 검이 안 통해. 아니, 대미지가 들어가긴 하는데…… 최소 60% 정도 경감되는 것 같아.'

'물리 대미지 감소인 주제에 마법 대미지 감소도 있어? 대체 어떻게 잡으라는 거야?'

'혹시 다 같이 손잡고 기도라도 해야 하나? 그럼 우주의 기운이 도와주려나?'

난공불락(難攻不落).

항상 정복자의 입장이던 모험가들은, 정복을 장담할 수 없는 존재를 마주치자 슬금슬금 서로의 얼굴을 쳐다봤다.

"아무래도 이건……."

"불가능하겠지?"

"물러서는 편이 나아."

"레벨 다운, 스킬 레벨 다운, 아이템 드랍. 엿 같은 삼위일체를 겪고 싶지 않다면 튀어야지."

그 자리에 서 있던 플레이어 40여 명의 생각이 일치했다.

하지만 중요한 건 그들의 의사 따위가 아니었다.

화아아아아악!

"또 온다!"

"숙여! 아니, 피해!"

"저 빌어먹을 끈끈이!"

수십 갈래로 나뉘어진 검푸른색의 촉수가 마치 채찍처럼 그들에게 날아들었다. 플레이어들은 각자의 스타일대로 움직이며 공격을 막아내거나, 몸을 던져 그것을 피해냈다.

─…….

공격을 행한 존재는 두려운 눈빛으로 자신을 쳐다보는 이들을 말없이 내려다봤다.

그리고 자신의 공격 한 번에 개미 떼처럼 이리 갔다, 저리 갔다 하며 꼴사납게 움직이는 하등한 존재들을 향해 느릿하게 입을 열었다.

─뮬딘 님의…… 말씀을…….

녀석이 천천히 자신의 두 다리를 앞으로 옮겼다. 그때마다 녀석의 몸에서 무언가가 툭툭 떨어졌다.

끈적끈적.

젤리처럼 물컹한 슬라임이 사람의 모습을 취하고 있다고 해야 할까?

아니, 슬라임보다는 조금 더 액체에 가까운 존재였다.

마치 비가 온 다음 날의 진흙처럼 자신의 몸을 뚝뚝 흘려대는 칠칠찮은 존재.

**[푸른 역병의 아오사 LV. 175]**

녀석이 천천히 오른손을 들어 올렸다.

동시에 바닥에 누워있던 수십 갈래의 촉수는 바닷속의 미역처럼 나풀거리기 시작했다.

-성전을…… 준비하라.

화악!

아오사의 오른손이 전방을 가리키자, 촉수들은 일제히 회전하며 뾰족한 창의 형상을 취했다.

"어?"

"응?"

"엥?"

하지만 그것을 쳐다보는 플레이어들은 피할 생각은커녕, 오히려 깜짝 놀란 표정을 지었다.

그들이 바라보는 것은 촉수들의 창…… 아니, 그보다 한참 위에 위치한 검은색의 존재였다.

"……저거 뭐냐?"

"별똥별……이라기에는 색이 까맣고."

"가만, 저거 사람 아니야?"

"뭐지? 저 갑옷 되게 낯익고 친근한데…… 마치 명절날 친가에 방문한 느낌이야."

"되도 않는 비유 집어치우고, 저거 언노운 아니냐?"

"어! 마, 맞는 것 같기도?"

모험가들의 호들갑에 아오사가 천천히 고개를 들어 올렸다.

──……!

누군가와 눈이 마주친 아오사가 몸을 움찔거렸지만, 이미 때는 늦었다.

마치 다이빙 선수가 스프링보드를 박차고 날카로운 송곳이 되어 아래로 떨어지듯, 허공에서 벼락처럼 떨어진 두 자루의 곡도는 아오사의 목덜미를 물어뜯었다.

촤아아아아악!

바닥을 미끄러지며 아오사와 거리를 벌린 그는 천천히 일어 났다.

"크르륵."

100레벨 수준으로 추정되는 언노운이 왜 지금 이 자리에 있는지, 롱소드 한 자루를 즐겨 사용하던 언노운이 왜 두 자루의 곡도를 들고 있는지는 의문이었지만 그 모든 것들은 한 가지의 명확한 사실 앞에 바람처럼 흩어졌다.

언노운과 아오사가 붙었다!

자리를 이탈하려던 모험가들은 순식간에 관람객이 되어 기대 어린 표정을 드러냈다.

그리고 다음 순간, 아오사가 천천히 자신의 손을 들어 올렸다.

꿀렁, 꿀렁.

두 자루의 곡도가 물어뜯은 목덜미를 어루만지자 푸른색의 액체가 뚝뚝 떨어지는 것이 느껴진다.

아오사는 순수하게 분노했다.

-감히……. 뮬딘 님께서 내려주신 신성한 육체를 상처 입히다니!

분노한 아오사는 그대로 오른손을 휘저었다. 그러자 돌풍처럼 일어난 촉수가 언노운을 향해 쏘아졌다.

휙, 휘리릭, 휙!

끈적거리던 촉수들은 하나하나가 날카로운 창이 되었다.

피할 공간 따위는 없어 보였지만, 언노운은 영리하게 날아오는 창들을 순서대로 밟으며 이를 피했다.

"크르륵……."

한차례 폭풍 같던 공격을 벗어난 언노운은 자신의 왼쪽 다리를 슬쩍 쳐다봤다.

그 모습을 바라보던 모험가들이 박수를 치며 환호했다.

"무빙 미쳤네! 역시 언노운이다!"

"저번보다 움직임이 더 좋아진 것 같은데?"

"그런데…… 왜 저 녀석 공격은 통하는 것 같지? 내 공격은 안 통했다고."

"네가 급소를 못 찔렀거나, 공격력이 언노운보다 약하겠지."

"헛소리하네. 내 레벨이 162인데 언노운보다 약하다고?"

"그런데 공격을 한 번 허용했네. 왼쪽 다리에 제대로 적중했어."

"이동 속도 감소 디버프 걸렸겠네."

서로 시끄럽게 떠들던 모험가들의 입이 순식간에 닫혔다.

콰드드드득!

그들의 대화가 아오사의 심기를 거슬렀기 때문이다.

날파리를 쫓기 위해 아오사가 집어 든 건 파리채가 아니라, 테니스 라켓이었다.

콰득, 콰득 콰드드드득!

촉수들은 마치 포크레인이 건물을 허무는 것마냥 주변 건물들을 시원하게 밀어버렸다. 그리고 무너지는 건물들의 벽과 천장을 허공에서 낚아채 모험가들에게 던져댔다.

"젠장, 이 무식한 새끼!"

"상식적인 공격을 해라, 상식적인 공격을!"

"닥치고 일단 피해!"

"이쪽으로 모이세요! 매직 실드로 방어할 겁니다!"

마법사들 몇 명이 중심이 되어 만든 무리가 매직 실드를 시전했다.

하나, 둘, 셋, 넷, 다섯!

무려 다섯 명의 마법사의 5중첩 매직 실드를 추락한 돌과 촉수들이 신명 나게 두드렸다.

콰앙, 콰앙, 콰드득, 째애앵!

얼마 버티지 못하고 매직 실드가 하나씩 깨질 때마다 예외 없이 마법사 한 명이 머리를 부여잡으며 쓰러졌다.

마치 아이스크림이나 팥빙수를 빠르게 먹었을 때처럼 머리가 조일 듯이 아파왔기 때문이다.

"크윽, 언노운은 대체 뭐하는 거야!"

"그놈이야 지금쯤 당연히……."

"아오사랑 싸우고 있겠……."

"어?"

황급히 주변을 살피던 모험가들이 비명을 내뱉었다.

"이 새끼 어디 갔어!"

그 시각, 언노운은 아오사의 눈을 피해 뒷골목으로 몸을 숨긴 상태였다.

"수고했어."

주인으로부터 칭찬을 받은 언노운, 아니, 블리자드가 낮게 으르렁거렸다.

"다쳤구나. 기다려 봐."

빠르게 그의 다리를 치료해 준 카이는 폭군 세트를 완벽하게 착용한 상태였다.

그럼에도 불구하고 블리자드를 먼저 보낸 이유는 딱 한 가지였다.

'약점과 패턴 파악. 그것이 중요하니까.'

고작 한 차례 공수를 나눴을 뿐이지만, 카이는 그 안에서 제법 방대한 정보들을 건져냈다.

'우선 공격 패턴은 저 촉수들이구나.'

마치 액체 괴물을 보는 것 같은 아오사의 주변은 연신 푸른색 운무가 드리워져 있었다.

'주변에 접근하면 독 대미지. 멀리 떨어지면 촉수를 이용한 공격. 게다가 지금 모험가들이랑 싸우는 걸 보니 물리, 마법 대미지 경감까지 있는 것 같은데? 아주 빌어먹을 놈이야.'

하지만 카이에게도 희소식은 있었다.

"너 진짜 말도 안 되게 강해졌구나."

블리자드는 카이의 펫이 된 후 모든 스킬 레벨이 너프를 먹었다.

그럼에도 불구하고 조금 전에 보여준 몸놀림과 공격력은 발군이었다. 그 이유는 다른 곳에 있지 않았다.

'버프와 도핑은 전투를 준비하는 자의 필수 준비물 같은 것들이지.'

전쟁터에 나가는 병사에겐 총알이 필요하고, 학교에 등교하는 학생에겐 교과서가 필요하듯이 사냥을 시작하기 전의 모험가에겐 도핑과 버프가 필요했다.

"어디보자…… 버프가 총 몇 종이지? 헤이스트랑 블레스, 태양의 축복, 태양의 갑옷……."

블리자드의 상태창을 줄줄 읽어내리던 카이가 작게 감탄했다.

"열네 개나 되네? 하긴 이거 받고 괴물이 안 되면 이상하겠다."

라이넬의 던전을 클리어하고 교단에서 배웠던 새로운 스킬들, 거기다가 태양의 사제가 지닌 버프들과 아야나의 특제 포션들까지! 자신의 모든 것을 불어넣은 결과물이 바로 지금의 블리자드였다.

175레벨의 레이드 보스 몬스터 아오사가 휘두른 공격마저 피해내는 괴물 같은 소환수!

'완벽하진 않아. 왼쪽 다리도 한 번 공격을 당했으니까.'

하지만 카이는 그 부분에 있어서 큰 걱정을 하지 않았다.

"다음에는 피할 수 있지?"

끄덕.

블리자드가 짧고 강하게 고개를 끄덕였다.

녀석은 패시브 스킬인 명석한 두뇌를 통해 전투를 하는 와중에도 성장한다.

한마디로 살아 있는 알파고나 다름없는 녀석!

카이는 그의 어깨를 강하게 붙잡으며 눈을 마주쳤다.

"시간을 좀 끌고 있어봐. 절대 지면 안 돼. 쓰러져서도 안 돼! 알았지?"

레벨 차이가 극심하게 나는 블리자드에게는 무리한 요구였다. 하지만 녀석은 일말의 망설임도 없이 벌떡 일어나더니 아오사에게 달려갔다.

"그럼 이제 나도 준비 좀 해볼까."

성수를 들이킨 카이의 양손이 하나씩, 하나씩.

각기 다른 스킬들을 시전하기 시작했다.

"태양의 갑옷, 태양의 축복, 블레스, 헤이스트, 홀리 인챈트……."

화악, 화악, 화악!

어두운 뒷골목에서는 연신 신성력으로 인해 발생된 빛이 플래시처럼 터져 나왔다. 모든 작업이 끝났을 때, 카이는 천천히 자리에서 일어났다.

하지만 그의 발걸음이 향한 장소는 아오사가 있는 곳이 아니었다.

"어, 언노운 녀석. 다시 돌아오기는 했는데……."

"저놈 좀 위험한 거 아니야?"

공격을 막아내는 것이 고작인 모험가들은 아오사와 치열한 접전을 벌이고 있는 언노운, 아니 블리자드를 힐끔힐끔 쳐다봤다.

화아아악! 서걱!

후우웅! 콰드드득!

서로에게 공격을 날리면서, 그 공격을 피하고, 동시에 또 공격을 날린다.

호흡 한 번 크게 뱉을 수 없는 공방 속에서, 블리자드의 몸이 조금씩 뒤로 밀리기 시작했다.

-하등한 녀석.

화아아아악!

아오사는 손짓 한 번에 수십 개의 촉수를 다룰 수 있는 반면, 블리자드는 두 자루의 곡도가 유일한 공격 수단이었기 때문이었다.

백 번의 공격을 피해도, 한 번의 공격을 허용하면 블리자드의 패배. 누가 봐도 불리한 상황에서 우직하게 전투를 이어가던 블리자드의 명치를 촉수 하나가 후려쳤다.

콰아아아앙!

"크아아아!"

한 번의 공격을 허용한 순간 전투는 이미 끝난 것이나 다름 없었다. 몸의 리듬이 끊기고 움직임이 둔해진 블리자드가 또다시 공격을 피해내는 건 어려웠으니까.

콰드득, 콰득! 콰드득!

수십 개의 촉수들이 블리자드의 몸을 두드리자, 그는 순식간에 걸레짝이 되었다.

무광 흑색의 방어구가 여기저기 뜯겨 나가고, 곡도를 쥔 손가락 끝으로 피가 흘러내렸다.

그런데도 블리자드는 물러서거나, 도망치지 않았다.

부르르르.

고통으로 떨리는 두 손으로 곡도를 꽉 쥔 채, 리자드맨 전사 특유의 자세를 취한다.

그 끈질긴 모습에 아오사는 할 말을 잃고 고개를 내저었다.

-자존심 하나는 인정해 주지. 하지만…… 실력이 자존심을 받쳐주지 못하는구나.

말을 마친 아오사는 마치 스마트폰을 잠금 해제하듯, 검지와 중지를 들어 허공을 슥 밀었다. 동시에 수십 개의 촉수가 하나로 뭉치더니, 덤프트럭마냥 블리자드를 밀어버렸다.

콰드드드드득!

온몸의 뼈가 박살 난 블리자드가 끈 떨어진 연처럼 허공을 날았다. 그가 떨어지는 곳의 바닥에선 날카롭게 벼려진 촉수들이 이빨을 쩍 벌리고 있었다.

'끝났다.'

'언노운은 끝났어!'

전투를 바라보던 모두가 희망을 버린 그 순간.

"신성 사슬."

건물 위에서 뿜어진 한 줄의 사슬이 블리자드의 허리를 휘감더니, 그를 낚아챘다.

까드드드드득!

촉수들의 이빨을 애꿎은 허공을 씹더니 아쉬움을 삼키며 흩어졌고, 아오사가 고개를 돌렸다.

–······.

"애를 아주 걸레짝으로 만들어놨네."

"크르르······."

블리자드는 떨리는 손으로 자신을 치료하는 카이의 손목을 붙잡았다.

그의 눈에 담긴 감정은 원망 따위가 아니었다.

스스로의 무능함에 대한 분노, 그리고 명령을 수행하지 못했다는 사실에 대한 죄책감이었다.

'……이 게임은 참. 사람 기분 싱숭생숭하게 만드는데 뭐 있다니까.'

착잡한 마음을 느낀 카이는 그의 어깨를 꽈악 눌렀다.

"그런 눈, 할 필요 없어. 넌 내 명령을 충실히 이행했고, 난 굉장히 만족 중이니까."

"크르르?"

그게 진심이냐고 묻는 듯한 눈빛에 카이는 웃음기를 싹 지운 채, 고개를 끄덕였다.

"늦어서 미안하다. 생각보다 많더라고."

"크르르"

사과할 필요 없다는 듯 고개를 도리도리 저은 블리자드는 그제야 정신을 놓고 기절해 버렸다.

'주변에 NPC들을 구한다고 시간이 너무 많이 흘렀어.'

아오사와 전투가 시작되면 필연적으로 주변 시설이 파괴될 수밖에 없다.

그 사실을 누구보다 잘 알고 있는 카이는 본격적인 전투가 시작되기 전에 NPC들부터 구해냈다.

'이제 이 주변엔 별다른 NPC가 없어.'

132명. 카이가 그 짧은 시간 내에 구출한 뒤, 전투 범위 밖으로 옮겨놓은 이들의 숫자였다.

-너에게선…… 참을 수 없이 고약한 냄새가 나는군.

카이를 올려다보던 아오사가 낮게 중얼거리더니 손가락을 까딱였다.

동시에 바닥에서 솟구친 촉수들이 카이와 블리자드를 향해 날아갔다.

화아아아악!

언제나 그랬듯이 뾰족한 창이 되어 날아오는 촉수들의 움직임을 끝까지 침착하게 확인한 카이는 가볍게 검을 내리그었다.

서걱!

─……!

그 가벼운 듯한 검격 한 번에 십수 개의 촉수들이 동강 나며 바닥에 후두둑 떨어졌다.

우우우웅.

동시에 카이가 입고 있던 폭군의 세트가 새하얀 달빛을 반사하며 푸른빛을 뿜어내기 시작했다.


[용맹한 전사 효과가 적용됩니다.]

[일시적으로 모든 스탯이 10 상승합니다.]

[폭군의 분노 효과가 적용됩니다. 10분 동안 무기에 수(水)속성이 부여되고, 화염 저항력이 100% 증가합니다.]


카이는 지붕 위에서 당당하게 아오사를 내려다봤다.

폭군의 분노 효과로 인해 푸른색으로 변한 장비는 새하얀 달빛과 어우러져 그의 존재를 신비롭게 만들어주었다.

'원래 이렇게 밝은 달빛 아래에서는 정겹게 춤이나 춰야겠지만…….'

아오사와 카이는 그럴 만한 사이는 아니었다. 실제로 자신의 공격이 실패했다는 사실에 불쾌감을 드러낸 아오사는 가볍게 바닥을 굴렀다.

콰드드득!

그 한 번에 카이를 뛰어넘고 건너편 건물의 지붕에 올라선 녀석은 카이를 빤히 쳐다봤다.

아오사의 몸은 사람과 비슷했지만, 얼굴에는 눈, 코, 입이 달려 있지 않았다.

하지만 카이는 녀석이 자신을 뚫어지게 쳐다보고 있다는 것을 본능적으로 느낄 수 있었다.

잠시 후, 관찰을 끝낸 아오사가 중얼거렸다.

-재미있군. 저주받을 족속의 졸개를 다시 만나다니…….

머릿속을 웅웅 울리는 아오사의 말이 끝나자, 녀석의 발밑에서 기다란 촉수가 튀어나왔다.

뚝, 뚝.

아오사는 푸른색의 액체가 줄줄 흘러내리는 그 촉수를 가볍게 낚아챘다.

그 촉수는 카이가 들고 있는 것과 마찬가지로 롱소드의 형태를 취하고 있었다. 액체로 만들어진 검이었지만, 달빛을 반사하는 그 검은 무엇보다 예리해 보였다.

'저건…… 나 자존심 상했어, 뭐 이런 건가?'

원거리에서 상대방을 일방적으로 공격할 수 있는 이점을 포기하고 검을 쥔다. 그것은 자존심에 상처를 입은 괴물이 선택한 전투 방법이었다.

'나야 좋지. 좋은데…….'

카이는 눈을 반짝이며 자신의 검을 더욱 세게 쥐었다.

'대놓고 개무시를 당하니 기분이 좀 그러네.'

적으로 만난 이상, 서로가 서로에게 좋은 감정을 가질 리는 없다. 심지어 서로가 서로의 자존심에 조금씩 스크래치를 낸 상태. 그것이 바로 두 사람의 첫 격돌이 사나울 수밖에 없는 이유였다.

콰드득!

순식간에 지붕을 박차고 날아온 아오사가 검을 휘둘렀다.

카이는 그 검을 피하지 않고, 오히려 그 검날 한복판에 자신의 검을 쑤셔 박았다.

채애애앵!

"으음!"

카이가 거친 호흡을 토해냈다.

175레벨의 필드 보스 레이드 몬스터가 지닌 공격력은 확실히 강력했다.

하지만 카이는 그런 아오사를 상대로 밀리지 않았다.

그것이 가능한 이유는 간단했다.

'타르달의에 의하면 아오사의 약점은 두 가지.'

하나는 몸의 어딘가에 약점인 핵이 있다는 것, 그리고 또 하나는······.

'신성력에 약하다는 것!'

화아아아악!

카이의 검에는 태양의 축복과 홀리 인챈트가 걸려 있었다.

그 때문인지 검을 맞대고 있는 아오사의 체력은 초마다 깎여 나가기 시작했다.

채앵!

결국 손해만 입은 아오사는 검을 거칠게 빼내며 뒤로 물러났다.

'이거라면 가능해. 오크 로드 때와는 또 달라.'

그때와 지금의 상황은 완전 정반대였다.

그 당시 우르간의 공격은 정타를 허용하지 않고 순전히 검과 검을 부딪치기만 해도, 충격파로 자신의 체력이 깎일 정도였으니까.

'하지만 지금은 오히려 이쪽이 상성으로 압도하고 있어. 검

끼리 부딪치기만 해도 이득을 본다.'

아오사는 카이의 신성력에 지속적인 피해를 볼 수밖에 없기 때문이다.

-……;

기세 좋게 먼저 뛰어들었다가, 손실을 보고 먼저 물러난 아오사는 다시 한번 자존심에 상처를 입었는지 분위기가 한층 더 살벌해졌다.

'분위기를 보니…… 근접전을 포기하고 원래 하던 대로 공격하려는 모양인데?'

귀신같이 놈의 생각을 읽은 카이는 곧장 도발을 시전했다.

"그러게 왜 안 하던 짓을 하고 그래. 근접전은 어차피 못 이길 테니 평소처럼 싸우라고."

-감히!

사람은 무언가를 하고 싶다가도, 주변에서 부추기면 망설여지는 경우가 있다. 아오사가 놓인 상황이 딱 그러했다.

마음 같아서는 근접전을 포기하고 다시 원거리 공격을 하고 싶은데, 하등한 인간이 저렇게 도발을 해오니 자신이 부족해서 근접전을 피하는 것 같지 않은가?

아오사는 뮬딘 교의 피조물로서 스스로에 대한 자부심이 남달랐다. 하등한 인간과의 승부에서 꼬리를 말고 물러난다는 행위를 인정할 수는 없었다.

-무슨 소리를 하는 것이냐. 네놈 따위는 근접전으로도 충분하다!

호기롭게 소리친 아오사가 카이를 향해 다시 한번 달려들었다.

휘이이익!

아무리 강력한 공격이라도, 여러 번 보면 눈에 익는다.

빠른 공격, 정교하고 화려한 검술도 마찬가지로 그 과정을 피할 수는 없다.

그래서 검술의 대가들은 한 가지 기술을 여러 번 반복하지 않는다. 상대방이 대응하기 힘든 여러 개의 검술과 기술을 섞어서, 자신의 다음번 공격을 예측할 수 없게 만든다.

'하지만 아오사는 아직 미숙하다.'

본래 근접전을 즐기는 녀석이 아니었을 것이다. 카이에게 도발을 당해 근접전을 치르고 있을 뿐, 아오사의 주력 기술은 어디까지나 촉수다. 당연히 검술의 기교 자체가 그렇게 뛰어나지는 않다.

채앵, 채앵, 채앵!

그 덕분에 카이는 시간이 흐를수록 검술로 아오사를 압박할 수 있었다.

단순히 공격을 받아내던 그가 어느 순간 반격을 시작하더니, 이제는 처음과는 전세가 역전되었다.

채앵, 채앵, 채앵!

카이가 공격을 하고, 아오사가 이를 급급히 막는다.

이 말도 안 되는 상황 속에서 카이는 또 하나의 무기를 꺼내 들었다.

'사실 지금까지는 내가 신성력을 사용할 수 있다는 사실을 철저하게 숨겼었지.'

언노운이 사제라는 의심 자체를 할 수 없게 만들기 위해서 였다. 하지만 행운의 여신은 카이에게 미소를 지으며 한 가지 스킬을 선사해 주었다.

'신성 사슬. 나에겐 이제 그게 있어.'

NPC 성기사들과 이단심판관들이 즐겨 사용하는 신성 사 슬은 카이가 사제라는 의심을 지워줄 것이다.

물론 사제도 이 스킬을 배울 수는 있었지만, 여태까지 그런 짓을 한 머저리는 없었다.

'그야 물론 효율이 떨어지기 때문이지.'

성기사야 전열에서 활약하는 근접전 클래스이기에 신성 사 슬을 배워두면 정말 다양한 상황에서 사용할 수가 있다.

하지만 후방에서 아군을 케어해야 하는 사제는?

비싼 돈을 들여가면서까지 신성 사슬을 배울 필요가 없다. 오히려 그 돈으로 다른 버프 스킬을 구매하는 것이 몇 배나 이 득이었다.

한마디로 현재 미드 온라인에서는 신성 사슬을 사용하는 건 성기사뿐이라는 고정 관념이 깊게 박혀 있었다.

'그렇다면 그 고정 관념을 이용해야지.'

카이의 손끝에서 새하얀 빛이 뿜어져 나왔다. 아군이라면 두 손을 치켜들며 환호하겠지만, 하지만 눈앞의 아오사라면 질색할 만한 기운. 태양교의 신성력이었다.

화아아아악!

눈이 멀어버릴 것 같은 강렬한 신성력이 허공에 사슬을 소환했다.

치명적인 약점인 신성력을 마주한 아오사는 본능적으로 뒤로 물러났다.

카이는 그 기회를 놓치지 않았다.

"신성 사슬!"

촤라라라락!

순식간에 사슬로 녀석의 한쪽 팔을 묶어버린 카이는 사슬을 곧장 잡아당겼다. 아오사가 끌려오자 카이는 그대로 녀석을 메어쳐 버렸다.

콰드득!

그대로 몸이 넘어가 버리는 아오사.

하지만 카이는 거기서 공격을 끝내지 않았다.

'공격은 이 녀석의 체력이 바닥 날 때까지 계속해야 해.'

승기를 붙잡았음에도 불구하고 방심을 하지 않는 카이!

힘을 가득 실은 그의 다리가 누워 있는 아오사의 가슴을 짓눌렀다.

우드드드득!

마치 거목이 쓰러지는 듯한 굉음이 터져 나왔다. 그것은 실제로 피해가 누적된 지붕이 토해내는 비명이었다.

콰드득, 콰득, 콰드드득!

2층짜리 건물 전체가 서서히 와해되며 주저앉기 시작했다.

"크윽!"

지붕 위에 서 있던 아오사는 물론, 카이도 추락을 면할 수는 없었다.

하지만 카이는 떨어지는 와중에도 공격을 멈추지 않았다.

부웅, 부웅, 부웅!

두 손으로 사슬을 꽉 붙잡고는 그대로 몸을 회전시킨 것이다.

한 바퀴, 두 바퀴, 세 바퀴!

원심력을 충분히 머금은 카이는 그대로 사슬을 놓아버렸고, 당연히 사슬에 묶여 있던 아오사는 바닥에 처박혔다.

콰아아아앙!

그것이 바로 뉴턴식(Newton式) 내동댕이치기!

-크아아악!

온몸이 산산이 조각나는 듯한 압도적인 고통에 아오사가 고통 섞인 신음을 터트렸다.

전투 시작 이래 처음으로 흘러나온 녀석의 비명!

"후우, 후우."

지치는 것은 카이 또한 마찬가지였다.

심지어 추락 대미지에 더해 건물들의 잔해에 얻어맞아 생명력도 많이 줄어 있었다.

카이는 지친 표정으로 신성 사슬을 당겼다.

"음?"

카이의 미간이 찌푸려졌다.

'사슬이…… 가볍다?'

아오사가 묶여 있다고는 생각되지 않는 무게. 실제로 자신의 손에 딸려온 사슬에는 아오사가 묶여 있지 않았다.

동시에 머릿속으로 경종이 쉴 새 없이 울리기 시작했다.


'푸른 역병은 신출귀몰한 것이 특징. 어두운 밤이 되면 그림자에 녹아들어 이동하기에 옆을 지나가도 모르는 일마저 생긴다네.'


머릿속을 스쳐 가는 타르달의 충고를 상기한 카이는 본능적으로 성스러운 방어막을 시전하고 몸을 웅크렸다.

그다음 순간, 육중한 무언가가 방어막을 쳐부수며 카이의 옆구리를 강타했다.

"커어억!"

그것은 바로 블리자드를 덤프트럭처럼 밀어버린 촉수들의 무리. 정통으로 얻어맞은 카이의 신형은 그대로 무너진 건물 잔해들을 뚫으며 길거리로 날아갔다.

'쿨럭…… 아오사 녀석. 이제는 제대로 할 생각인가. 하긴, 2페이즈가 나올 때는 되었지.'

검술로 계속해서 괴롭힌 결과, 아오사의 체력은 이미 20% 아래로 내려간 상황이었다.

후들거리는 다리를 내세우며 일어난 카이가 무너진 건물을 쳐다봤다.

꿀렁, 꿀렁.

촉수들이 움직이는 소리가 들리더니, 무너진 건물들의 잔해가 마치 용암이 터지듯 하늘로 비산했다.

-감히…… 하등한 인간 따위가…… 저주받아 마땅한 태양의 졸개 따위가……!

분노를 성토한 아오사의 몸이 터질 것처럼 팽창하기 시작했다.

꿀렁, 꿀렁, 꿀렁.

마치 불길이 타오르는 것처럼, 바닥에서 솟구친 수많은 촉수가 아오사를 덕지덕지 감싸 안기 시작했다.

'이건 가만히 놔둬선 안 돼!'

누가 봐도 변신 중으로 보였다.

불안한 마음에 카이는 곧장 아오사에게 홀리 익스플로전을 쏘아냈다.

티잉!

[대상이 피해 면역 상태입니다.]

"젠장!"

피해 면역이라면 아오사의 변신을 멈출 수는 없다는 뜻이었다. 모든 것이 페가수스가 정해놓은 시나리오라는 소리.

'이걸 내가 혼자서 상대해야 한다고?'

카이가 침을 꿀꺽 삼키면서, 이제는 절대 인간이라고는 볼 수 없는 거대한 무언가를 올려다봤다.

[푸른 역병의 마수, 해방된 아오사 LV. 200.]

"……농담이지? 이거 몰래카메라 아니야?"

카이가 어색한 미소를 띠우며 질문했지만, 이에 답해주는 사람은 아무도 없었다.

게임을 좋아하고 많이 플레이해 본 유저라면 누구나 공감할 수 있을 것이다. 고생 끝에 겨우 해치웠다고 생각한 보스가 새로운 페이즈에 돌입하며 더 강해지는 순간을.

허탈함이라는 감정이 전신을 뒤덮는 순간이기도 하고, 개발자를 눈앞에 앉혀놓고는 대체 왜 그랬냐고 묻고 싶은 순간이기도 하다.

'페가수스의 개발자…… 미국 가면 만날 수 있나?'

눈앞의 거대한 마수를 올려다보던 카이는 짱돌을 들고 본사로 찾아가고픈 충동을 강하게 느꼈다.

하지만 이 상황이 이해가 안 되는 것도 아니었다.

'확실히…… 인간 폼의 아오사가 너무 약하긴 했어. 내 도발에 걸려들었다고는 해도 말이지.'

아오사는 등급만 따지면 몇 개월 동안 모든 길드를 무릎 꿇렸던 약탈자들의 왕 베이거스와도 동일했다.

물론 같은 등급이라고 해도 힘의 차이는 온전히 개발사의 설계에 따라 다르겠지만.

'후우. 이제 이걸 나 혼자 처치해야 한다고?'

건물 두, 세 개는 이어붙인 듯한 압도적인 크기에다 변신을 마친 녀석의 피는 어느새 30%까지 회복된 상태였다.

'이대로 시간이 지나면 다른 길드들의 공격대와 랭커들도 소식을 듣고 찾아올 거야.'

지금이야 아오사가 한바탕 난동을 피운 바람에 텔레포트 게이트가 파괴된 상태였다. 하지만 근처 도시의 텔레포트 게이트로 이동을 한 뒤, 이곳까지 달려올 수는 있을 것이다.

'길면 30분. 그 안에 이 녀석 막타를 치지 못하면 보상을 나눠야 한다.'

물론 기여도에 따라 자신에게 가장 좋은 보상이 배분될 테지만, 기분이 나쁘다.

'재주는 내가 다 부려놓고, 남이 숟가락만 얹어놓는 광경을 봐야 한다고? 그건 안 되지.'

한 사람의 게이머로서는 죽는 것보다도 받아들이기 싫은 최악의 상황을 가정하게 된 카이의 두 눈이 빠르게 아오사의 약점을 파악하기 시작했다.

'덩치는 커. 전체적으로 생긴 모습은…… 슬라임과 별다를 바 없어 보여.'

슬라임은 미드 온라인에서 하급으로 취급되는 몬스터 중 하나이다. 주로 축축한 숲이나 도시의 지하 수도에 서식하며, 산성으로 이루어진 것이 특징이다.

겉모습은 젤리와 비슷해서 늘 물컹거리고 만만해 보이지만, 녀석을 공격할 때마다 장비의 내구도가 상하기에 전사들에게는 기피 대상 몬스터로 꼽히는 녀석!

'아오사의 경우에도 다르지는 않을 거야.'

오히려 이 녀석은 슬라임보다 더한 녀석이다. 산성 따위가 아닌, 마법 저항력이 낮으면 바로 중독되어버리는 무시무시한 독연을 내뿜는 녀석이었으니까.

'그리고 아무리 변신을 했다고 해도, 약점은 동일하겠지.'

촤르르르륵.

카이는 검을 검집에 꽂아 넣고, 사슬을 꽈악 잡았다.

-크롸아아아아아아!

콰아앙, 콰앙, 콰아아앙!

새벽의 도시를 쩌렁쩌렁하게 울리는 아오사의 표효!

동시에 구경 중이던 유저들이 귀를 틀어막기 시작했다.

"크아아악!"

"이런, 미친!"

"7.1 서라운드냐! 귀청 떨어지겠다!"

"거기다가 위협 상태 이상까지……."

아오사의 표효는 단순히 자신의 분노를 드러내기 위함이 아니었다. 그 또한 일종의 스킬이었다.

하지만 다행스럽게도, 카이에게는 별 소용이 없었다.


**[위엄 스탯으로 인해 위협의 효과가 줄어듭니다.]**
**[용맹 버프로 인해 위협의 효과가 대폭 줄어듭니다.]**
**[아오사의 위협 스킬에 완벽하게 저항합니다.]**


용맹은 카이가 아직 배우지 못한 버프 스킬이었지만, 공교롭게도 현재 그에겐 버프가 걸려 있었다.

'운이 좋았어. 강화 소환이 이럴 때 도움이 되다니.'

강화 소환은 블리자드를 소환할 때 필수적으로 사용해야 하는 스킬이다. 그리고 소환을 할 때마다 시전자와 소환수 모두에게 한 가지 버프를 랜덤하게 걸어준다. 이번에 블리자드를 소환할 때 생긴 것이 바로 용맹 버프였다.

**[용맹]**

위협, 공포, 혼란, 도발, 위축 등의 상태 이상에 저항할 수 있습니다.

'덕분에 블리자드도 아오사에게 맞서 싸울 수 있었지.'

아오사의 등장만으로도 겁을 집어먹었던 블리자드가 녀석에게 겁을 먹지 않고, 대등하게 싸울 수 있었던 이유였다.

그리고 지금은 카이에게까지 도움이 되는 유용한 버프!

콰지직, 콰직, 콰지지직!

아오사가 빠른 속도로 도시의 길거리를 미끄러지며 카이에게 달려들었다.

'젠장, 그래도 인간 폼일 때는 상식이라는 게 있어 보였는데……'

지금은 그런 걸 모른다는 듯, 경로상의 건물을 모두 밀어버리며 다가오는 녀석!

"그렇다고 내가 저 밑에 깔려줄 수는 없지."

카이는 그대로 몸을 돌려 후다닥 달아나기 시작했다.

하지만 아오사의 몸은 카이보다 훨씬 크다.

당연히 두 사람의 거리는 빠르게 줄어들기 시작했다.

'이크, 위험한데? 그럼 이쯤에서……'

카이의 신성력이 불시에 후욱! 줄어들었다.

동시에 몇십 미터나 뿜어져 나가는 신성 사슬!

촤르르르륵!

사슬은 광장 지역의 시계탑을 그대로 휘감았다.

"흐읍!"

그대로 사슬을 잡아당기며 땅을 박차는 카이가 있던 자리로 아오사의 큼직한 몸이 떨어졌다.

콰아아아아앙!

슬쩍 뒤돌아보는 것만으로도 등골이 오싹해지는 광경!

'저런 거에 깔렸다가는 불사의 의지고 뭐고 소용없잖아.'

부활 후 5초 무적이어도 금세 다시 죽을 것이 분명했다.

그것을 깨닫는 순간, 카이는 어떻게 싸워야 하는지를 깨달았다.

'무조건 높은 곳으로 올라가야 해. 녀석의 밑에서 돌아다니면 전투 자체가 성립되질 않아.'

타악!

시계탑의 초침 위에 자리 잡은 카이는 자신을 바라보는 아오사와 도시를 내려다봤다.

'페가수스에서 대충 어떻게 잡으라고 만든 놈인지는 알 것 같아.'

이곳은 도시 한복판이다. 아오사의 덩치가 크다고는 하지만, 건물들 위에 올라서면 녀석과 눈높이 정도는 맞는다.

한 마디로 저 녀석을 공략하는 이상적인 방법은······.

'수십 명의 플레이어가 건물 위에 자리를 잡고 차례대로 어그로를 끌면서 공격하는 것.'

그것이 피해를 최소한으로 줄이면서 놈을 잡을 방법이다.

'녀석보다 낮은 곳에 있으면 싸움이 성립되질 않아.'

하지만 문제는 카이가 홀몸이라는 것이다.

시야로는 자신과 아오사의 전투를 구경 중인 다른 유저들의 모습도 제법 보였지만, 그들의 손을 빌릴 마음은 없었다.

'나 혼자 할 수 있어.'

아오사가 2페이즈에서 확실히 범접 불가의 괴물이 된 것은 맞다. 하지만 녀석은 덩치를 무식하게 불린 만큼 포기한 것도 많았다.

'우선 손과 발이 사라졌다.'

한 마디로 카이가 높은 위치를 점하게 되면, 그를 저지할 수 있는 건 촉수밖에 없다. 그리고 다행스럽게도 카이는 아오사와의 장기전으로 촉수 공격에는 나름 익숙해진 상태다.

'저쪽에도 시계탑이 있고, 저쪽의 도서관과 교회도 제법 높아. 그리고……'

카이는 도시 내에 존재하는 몇 개의 시계탑과 고층 건물들의 위치를 차례대로 눈에 담았다.

"후우, 아야나가 이거 먹으면 후회할 거라고 하긴 했는데……"

인벤토리에서 보라색 포션 하나를 꺼낸 카이는 마지못해 병의 마개를 열었다.


**[초 집중력 향상 포션, 하이어 웨이(Higher Way) LV.8]**
복용 시 집중력을 매우 큰 폭으로 향상시킵니다.

지속시간이 끝나면 후유증으로 며칠 동안 탈력감 및 탈진에 시달리게 되며, 두통을 비롯해 다양한 증상이 나타날 수도 있습니다.


'후우, 부작용을 보면 절대 마시기 싫지만…… 그래도 이게 없으면 힘들 거야.'

부족한 신체 능력과 스탯 차이를 집중력으로 메꾼다.

그것이 지금 자신이 고를 수 있는 최선의 선택지라는 것을 확신한 카이는 망설임 없이 포션을 한입에 들이켰다.

꿀꺽, 꿀꺽.

아야나의 천재적인 포션 제조 실력과 카이의 고급 재료가 한데 어우러진 콜라보레이션!

포션을 먹는 즉시 카이의 표정이 일그러졌다.

"으으으……."

온몸의 세포가 깨어나는 감각이 전신을 두드렸다.

두껍고 단단한 폭군의 분노 세트를 장비하고 있건만, 실오라기 하나 걸치지 않은 것처럼 모든 정신과 신경이 예민하고 날카로워졌다.

'지나가는 공기의 흐름조차 읽을 수 있을 것 같아.'

그것은 카이의 착각이 아니었다.

공기의 흐름이 뒤바뀐다는 것을 전신의 감각이 '인지'한 순간, 카이의 시선은 이미 아오사에게 향했다.

'움직인다.'

-크롸아아아아!

카이가 위치한 시계탑을 향해 맹렬하게 돌진하는 아오사.

몇 초가 채 지나지 않아 카이가 서 있던 시계탑은 서서히 옆으로 기울었다.

콰아아아아앙!

아오사의 몸통 박치기 한 번에 시계탑이 무너진 것이다.

뒤이어 휘둘러진 수십 개의 촉수가 시계탑에 꼼짝없이 매달린 카이를 노렸다.

'이제…… 피할 수 있다.'

자신을 향해 날아드는 수십 개의 촉수, 허공에 위치한 터라 피할 공간은 없다.

전투 시작 이래 절체절명의 순간!

카이의 동공은 눈앞의 사물을 더욱 잘 분간하기 위해 축소되었다.

'집중, 집중. 집중해.'

게임 속이라고는 해도, 추락하는 기분은 아찔하다. 일반인이라면 누구나 땅에 떨어질 때까지 눈을 꼭 감고 있을 것이 분명했지만, 그 와중에도 카이의 의식은 점점 더 또렷해졌다.

마치 지금 이 순간, 이 전투에서 평생 사용할 모든 집중력을 소비해도 좋다는 듯, 그의 눈에는 오직 자신을 향해 날아오는 촉수와 함께 부서진 시계탑의 파편만이 들어왔다.

'저쪽.'

촤르르륵.

신성 사슬을 휘둘러 제법 무거운 파편 하나를 휘감고, 강하게 당긴다.

그 반동을 이용해 앞으로 튀어나간 카이가 부서진 시계탑의 파편을 밟았다.

부우우웅!

우연의 일치처럼 그 뒤를 지나가는 아오사의 촉수.

─……!

꿈틀.

완전 괴물이 되어버린 아오사가 불쾌한 기색을 드러냈다.

하지만 그 와중에도 촉수들의 공격은 이어졌다.

부웅, 부웅, 부웅!

날아드는 촉수들의 궤적을 계산하면서, 시계탑 파편들이 몇 초 후 어느 장소에 위치할 것인가. 그 모든 것들을 계산하는 카이의 뇌는 금방이라도 타들어 갈 것처럼 뜨겁게 달아올랐다.

파앗, 콰득.

파편을 밟고, 자연스럽게 다른 파편으로 옮겨 탄다.

말로 하면 쉬운 아주 단순한 반복 행위.

하지만 이 모습을 실시간으로 지켜보던 유저들은 경악이나 찬사, 비명 따위를 내지를 생각조차 하지 못했다.

"……."

그저 머릿속의 퓨즈 한 다발이 끊어진 것처럼 침묵을 고수할 뿐, 아무 말도 하지 못했다.

한참이 지나서야 유저 하나가 가까스로 입술을 달싹였다.

"ET를 처음 봤을 때보다 훨씬 충격적이군."

"아아, 좋은 영화지. 그거."

스티븐 스필버그 감독을 할리우드의 거장으로 만들어준 영화 ET. 거기서 자전거를 타고 보름달을 향해 날아가는 장면은 아직도 회자된다.

하지만 언노운의 모습을 쳐다보던 유저들은 확신했다.

'이제 구글 이미지 검색창에 최고의 보름달 씬을 검색하면, 내가 보고 있는 이 장면이 뜨겠어.'

실시간으로 보고 있음에도 이 정도의 전율이 느껴진다.

과연 이펙트를 먹이고, 효과음을 넣으면 어떤 영상이 탄생하게 될까?

그 황홀한 상상이 끝나기도 전에, 모든 촉수를 피해낸 언노운이 낙하를 시작했다.

"끝내주는 기분이야."

자신의 솔직한 심정을 내뱉은 카이의 신형이 아오사의 거체 위에 떨어졌다.

꾸웅!

고무 튜브 위에 떨어진 것 같은 소리와 함께 아오사의 등 위로 파문이 일었다.

무사히 착지한 카이가 스킬을 시전했다.

"원기 회복의 샘."


**[원기 회복의 샘]**

아군의 체력과 스태미너를 치료하는 신성한 샘을 생성한다.
근처의 언데드나 악마족 몬스터에게 피해를 줄 수 있다.

스킬의 설명만 읽어봐도 알 수 있듯이, 원기 회복의 샘은 아군의 지원이 주목적인 스킬이었다. 하지만 안타깝게도 이 스킬은 수많은 사제와 성기사들에게 외면받았다.

이 스킬이 외면받는 이유는 간단했다.

'원기 회복의 샘? 그거 뭣도 모르던 초보 시절에 배우긴 했지. 설치형 스킬이라서 설치만 제대로 끝내면 꾸준히 체력과 스태미너를 채워줘서 좋긴 한데…… 좀 애매해.'

자세한 이유를 물어보면.

'왜냐고? 자, 들어 봐. 졸렬하기로 소문난 미드 온라인 몬스터들이 자신에게 피해를 주는 그 샘에 기어들어 가서 수영이라도 해주기를 원해? 설치하는 순간 눈치까고 슬금슬금 피한다고. 그렇다고 아군 치료를 목적으로 설치하려니 알다시피 적이 움직이면 아군도 계속해서 위치를 변경해야 하는데, 이 스킬은 설치형이라서 거리가 멀리 떨어지면 회복이 안 들어간단 말이지. 그냥 쉽게 말해서 개쓰레기 스킬이라고. 배우지 마! 돈 아까우니까.'

전투 중에 사용하기가 너무나도 힘들고 애매한, 그런 주제에 성능도 결코 뛰어나지 못한 스킬!

그것이 바로 이 스킬이 신성 클래스 직업군에게 외면받은 이유였다.

물론 휴식을 취할 때 사용하면 제법 유용하다고는 하지만, 그런 상황이라면 굳이 이 스킬이 아니더라도 포션이나 음식, 모닥불 등등 체력과 스태미너를 채울 수 있는 수단이 차고 넘친다.

'하지만 모든 스킬은 써먹기 나름이지.'

카이는 이거야말로 아오사를 괴롭힐 수 있는 최고의 스킬이라고 생각했다.

물론 그가 지닌 신성 스킬 중에는 홀리 익스플로젼이나 신성 사슬, 신성한 빛 등의 공격 스킬도 존재한다.

그럼에도 그가 원기 회복의 샘을 꺼내든 이유는 실로 간단했다.

'원기 회복의 샘은 파괴 불가 옵션이 붙어 있고 소환 개수에 제한이 없어.'

초마다 적에게 피해를 줄 수 있음에도 원기 회복의 샘은 설치형이기에 상대방이 피하면 그만이었다.

하지만 아오사라면?

이 거대한 마수의 등짝에 원기 회복의 샘을 주렁주렁 달아 놓는다면?

'제 등을 뜯어내지 않는 이상, 피할 방법은 없지.'

아오사가 2페이즈에 돌입하면서 거대한 마수로 변신한 순간 떠올린 작전이었다.

우우웅, 우웅.

카이의 양손이 연신 신성력으로 빛나기 시작했다.

원기 회복의 샘을 동시에 캐스팅하며, 설치할 위치를 머릿속으로 조정한다. 일련의 과정이 끝나면 새하얀 빛줄기와 함께 평화로운 샘이 떡하니 설치되었다.

-크아아아아!

물론 아오사는 카이가 제 등을 놀이터 삼아 뛰어노는 걸 방관할 만큼 성격이 좋지 못했다.

부우웅!

거리와 제 옆구리에서 뽑아낸 촉수들을 이용해 카이를 후려치려 노력했다.

철썩, 철썩!

마치 커다란 줄넘기 수십 개가 동시에 바닥을 후려치는 모양새!

하지만 이 압도적인 공격을 눈앞에 둔 카이는 그 어느 때보다도 침착했다.

'맞으면 아프겠지.'

이미 한 번 맞아봐서 안다. 비록 게임이지만, 중력이 뒤틀리는 기분과 함께 느껴지는 고통은 절대 상쾌하지 못했다.

'아픈 건 피해야지.'

못 피한다면 모를까, 지금의 카이에겐 저 촉수들을 피할 수 능력이 있었다.

그의 눈이 빠르게 주위를 가득 포위한 촉수들을 훑었다.

'촉수는 총 쉰네 개.'

하이어 웨이를 복용한 카이에게는 모든 촉수의 궤적이 보였다. 아니, 보인다는 말에는 살짝 어폐가 있다.

촉수의 뿌리와 몸통 부분이 살짝 휘어지는 순간, 카이는 이미 몸을 움직였다.

'저건 이쪽으로 움직인다.'

일말의 의심도 없는 확신이 머리를 가득 채웠다.

촉수가 휘어지는 모습만을 보고 언제, 어느 궤적에 도달할 것인지를 유추해 내는, 일종의 예지라고 불려도 손색없는 놀라운 통찰력이었다.

콰앙! 콰아앙!

실제로 촉수들은 카이가 아니라 애꿎은 아오사의 등을 후려쳤다. 물론 그 피해 또한 아오사의 체력을 갉아먹기는 매한가지!

'음. 아쉽지만 이번에는 여기까지인가.'

녀석의 등에 총 여섯 개의 샘을 설치한 카이는 주위를 둘러보며 아쉬움을 삼켰다.

자신을 노리는 촉수들은 끝도 없이 증식했고, 시간이 더 흐르면 빠져나가기 어려울 것 같았다.

'여기서 일단 물러나자.'

카이는 곧장 신성 사슬을 휘둘러 이번에는 높은 교회의 지붕 위로 피신했다.

태양교의 문양이 떡하니 박혀 있는 거대하고 성스러운 교회!

그곳에서 카이는 아오사의 체력창을 힐긋 쳐다봤다.

'역시 여섯 개로는 공격력이 터무니없이 부족해.'

애초에 공격 목적으로 개발된 스킬이 아니었다. 1분 정도의 시간이 지났지만, 아오사가 입은 대미지는 이제 고작 0.3% 정도에 불과했다.

'제대로 피해를 주려면 더 많은 샘을 설치해야겠어.'

하지만 샘을 더 설치하기 위해서는 이제 백 개가 넘어버린 저 촉수부터 해결해야 했다.

"간단한 방법이 있지."

전투만 돌입하면 두 배가량 빠르게 돌아가는 카이의 배틀 브레인!

카이는 자신을 노리는 촉수들을 여유롭게 피하며, 건물들의 뒤쪽, 뒷골목으로 유유히 떨어졌다.

콰아아앙!

건물들을 꿰뚫으며 자신을 쫓아오는 백여 개에 달하는 촉수는 한 대만 맞아도 빈사 상태에 이를 정도의 매서운 공격을 계속해 왔지만, 카이는 침착하게 신성 사슬을 소환해 냈다.

'괜찮아. 신발 끈은 많이 묶어봤어.'

아오사의 촉수를 신발 끈 취급하는 카이!

그는 촉수들의 공격을 피하며 그것들을 조금씩 묶어나가기 시작했다. 물론 아무렇게나 묶어서는 안 되었다.

'질서 있게 묶으면 안 돼. 그렇게 묶으면 더 두꺼운 촉수로 만들어주는 것밖에는 안 되니까.'

아주 질서 없게. 정신이 사나울 정도로. 주머니에 들어간 이어폰이 잔뜩 엉킨 채 나올 때처럼!

카이는 건물의 지붕을 내달리며 촉수들을 피하면서 동시에 촉수와 촉수들을 열심히 묶어댔다.

그렇게 공격들을 피하며 버틴 시간이 무려 10분!

폭군의 분노를 장비한 카이의 전신에서 땀이 폭포수처럼 흘러내렸다. 그것은 비단 게임 캐릭터뿐만이 아니라, 캡슐에 누워 있는 한정우도 마찬가지였다.

'허억, 허억. 힘들어 죽겠네.'

일반인은 전력으로 10분을 달리는 것조차 힘들다. 하물며 한정우는 10분을 달리면서 장애물을 피하고, 그 와중에 실뜨기를 한 셈이다.

당연히 육체적, 정신적으로 받은 피로감이나 스트레스는 차원이 달랐다.

'하지만…… 덕분에 길이 보인다.'

카이가 눈빛을 번뜩였다.

그의 눈에 들어온 것은 여전히 위압적인 덩치의 아오사!

하지만 녀석이 자랑하는 수많은 촉수는 더 이상 위협적이지 못했다.

부들부들.

이리저리 엉킨 실타래처럼 묶인 상태로 시계탑이나 무너진 건물 잔해에 깔려 있는 촉수들!

'후우, 이제 시간이 정말 별로 없어.'

랭커들이 도착하는 것을 상정한 시간은 30분이었고, 이미 15분이 넘게 흐른 상태였으니, 이제 슬슬 막바지 준비를 해야 했다.

"웃차."

가볍게 바닥을 박차고 아오사의 등 위에 올라탄 카이는 이제는 숨 쉬는 것처럼 자연스럽게 허리를 눕히고 고개를 숙이며 촉수들을 피해냈다.

"원기 회복의 샘, 원기 회복의 샘, 원기 회복의 샘……."

끝도 없이 설치되는 샘!

아오사의 등 위로 마흔두 개의 샘이 설치되는 데에는 그리 오랜 시간이 걸리지 않았다.

동시에 찔끔찔끔 줄어들던 녀석의 체력이 눈에 띄게 줄어들기 시작했다.

-고오오오오오!

아오사의 원통한 울음이 도시를 쩌렁쩌렁하게 울렸다.

스르릉.

부드럽게 자신의 애검, 깨달은 자의 롱소드를 뽑아 든 카이는 싱긋 웃으며 말했다.

"함께해서 즐거웠고, 다시는 만나지 말자."

신성력을 잔뜩 머금은 그의 검이 아오사의 등을 파고들었다.

"전방에 화이트홀 성채 발견!"

"이제 곧 도착합니다!"

"예상 도착 시간 2분!"

천화 길드의 제1공격대. 국내 최대의 길드라고 불리는 곳에서 자랑하는 정예 길드원들은 새벽의 평야를 질주하고 있었다.

그들을 지휘하는 여인, 설은영은 무리의 선두에서 헤이스트가 걸려 있는 늘씬한 다리를 가뿐하게 놀리며 전방에 있는 성채를 바라봤다.

그녀는 항상 무표정을 고수하고 있었지만, 지금만큼은 상기된 표정을 감추지 못했다. 그녀는 고개를 돌려 자신의 옆에 자리한 보이드에게 물었다.

"세계 10대 길드 쪽 움직임은?"

"정예 공격대 위치는 모두 파악됐습니다. 정보부에 따르면 그들은 여전히 물딘교 이단심판관인 카지에르의 추적에 목을 매고 있어요."

"아오사는 포기한다고 봐도 무방하겠지?"

"확신할 수는 없지만 아무래도 그런 것 같은데요? 세계 10대 길드 중 라시온 왕국에 소속된 곳은 네 곳밖에 없고, 그 녀석들은 카지에르랑 사냥터 통제 때문에 한창 민감한 상태니까요."

한마디로 그들이 지금 이곳 화이트홀로 향할 일은 없다는 소리다.

물론 세계 10대 길드쯤 되는 곳이니, 제2나 제3의 공격대를 내보낼 여유 정도는 있을 것이다.

하지만 설은영은 안심했다.

'아무리 세계 10대 길드라고는 해도, 주전 멤버도 아닌 녀석들에게 천화의 제1공격대가 밀릴 이유는 없어.'

오직 그것만을 위해 최고의 인재에게 최고의 대우를 해주면서 이룩한 길드다.

그녀가 이끄는 무리는 빠르게 화이트홀의 성채를 통과했다.

"아오사의 위치는?"

"추적 스킬을 사용한 결과, 저 앞의 푸른색 연기 너머에 있는 것으로 추정됩니다!"

"돌파해."

천화 길드의 제1공격대에 포함될 수준이라면, 마법 저항력이 낮아서 독연을 통과 못 할 애송이는 없다.

'곧 닿을 수 있어.'

설은영의 두 뺨이 더욱 붉어졌다. 마치 어린 시절 그토록 보고 싶었던 첫눈을 봤을 때처럼, 심장이 터질 듯이 쿵쾅거렸다.

약탈자들의 왕 베이거스를 화려하게 처치하고, 세계 10대 길드의 아성에 도전장을 내민 천화 길드다. 만약 아오사마저 자신들의 손으로 처치한다면 길드의 주가는 끝을 모르고 치솟을 것이다.

'거기까지 닿는다면 남은 건 하나야.'

세계 10대 길드 중 하나를 끌어내리든, 세계 11대 길드가 되든. 어떤 길을 가더라도 정상이라는 자리가 가시권에 들어오게 된다.

동시에 설은영이 아랫입술을 꽉 깨물었다.

'방심하지 마, 설은영. 스스로가 최고라는 것을 증명해 내지

못하는 이상, 이 게임을 하는 이유는 어디에도……'

생각이 거기까지 미쳤을 때, 주변을 가득 메운 푸른 연기가 마치 처음부터 없었다는 것처럼 홀연히 사라졌다.

"……이건 무슨 현상이지?"

"그, 그게……."

"저도 거기까지는……."

다음 순간, 당황한 공격대들의 시야로 똑같은 메시지들이 출력되었다.

[푸른 역병의 마수, 해방된 아오사가 제거되었습니다.]

[도시를 뒤덮은 푸른 안개가 일제히 소멸합니다.]

[푸른 역병에 감염된 모든 주민의 상태가 정상적으로 돌아옵니다.]

[대륙에서 태양교의 영향력이 더욱 강대해집니다.]

"뭐?"

절대 흔들릴 것 같지 않던 설은영의 눈빛이 바람 앞의 등불처럼 흔들렸다.

To Be Continued